売られた王女なのに新婚生活が幸せです

杓子ねこ

Illust.
甘塩コメコ

Urareta Oujo nanoni
Shinkonseikatsu
ga Shiawase desu.

Contents

プロローグ◇成り上がり子爵に嫁ぎます

追い立てられるように王都を出立してから一週間、貧相な馬車一台を数人の護衛で囲み、名ばかりの花嫁行列は早朝のサン＝シュトランド城下へとたどりついた。

初冬の北端領に吹く風は常春の国といえども冷たく、馬車から降りたマデレーネは身をすくめる。地味なドレスで付き添いの侍女さえいないが、これはれっきとした王女の輿入れ。

突然のことに門番は慌てふためきつつ門を開き、下男たちも走りまわる。

ヴァルデローズ国の末の姫君、マデレーネ・メルヴィ。

彼女は今日、アラン・ノシュタット子爵へ嫁ぐ。

（わたくしの夫となる方は、いったいどのようなお方なのかしら……）

会ったことのない彼については、周辺領を押しのけ若くして財を成し〝成り上がり子爵〟と呼ばれる男、それしかマデレーネは知らない。文のやりとりすらなかった夫に、不安がないといえば嘘になる。

（それでも、わたくしはわたくしのできることをいたしましょう）

閉じたまぶたの裏に、ここに至るまでの記憶がよみがえった――。

常春の国ヴァルデローズ。

　大陸の東に位置するこの国は、一年を通じて穏やかな気候に恵まれ、肥沃な大地には作物もよく育つ。王都の東と西では季節ごとに大市が開催され、中心には王宮がそびえ立つ。

　しかしながら、そんな王宮に暮らすメルヴィ王家の三兄妹のあいだには、晴れやかとは言い難い空気がただよっていた。

「アラン・ノシュタット子爵と結婚しろ、マデレーネ」

　冷たく言い放つのは第一王子イエルハルト・メルヴィ。

　病に臥せる国王に代わり実質の権力を握る王太子である。暗青色の瞳には声色と同じ、有無を言わせぬ氷のような鋭さがあったが、弟はその奥に焦燥を感じとった。

「それで王家の借金は消えてなくなる」

「兄上！」

　音を立てて椅子から立ちあがったのは第二王子カイル・メルヴィ。

「父上からの厳命です。マデレーネを政略の道具にしてはならぬと……！」

　カイルの脳裏に父の姿がよぎった。ふたりの妃を亡くし、憔悴しきった国王は、王太子イエルハルトを世継ぎと認めながらも、彼が異母妹の美貌を政略の道具に使うことを懸念していた。

「三人で力をあわせなければ国の繁栄はないと……父上のお言葉を無視されるのですか!?」

　必死の声をイエルハルトは鼻で笑う。

「娘かわいさに言っているだけだ。マデレーネも王家の姫、国のためになることならば進んでしてくれるはずだ。そうだろう、マデレーネ？」

イエルハルトとカイルの視線が同時にテーブルの向かい――ひとりの王女が座る席へと注がれる。

艶やかな金髪を編み込みに結い、小さなティアラをのせた彼女は、顔を伏せて慎み深い笑みを浮かべている。ただしよく見ればその顔色は悪く、ドレスはところどころ擦り切れて継ぎを当てた部分もある。

「ああ、その笑顔。お前の母親と同じだよ。はらわたが煮えくり返る」

ばしゃん、と音がして、ぶちまけられた水がマデレーネの金髪とドレスを濡らした。

「兄上！」

「こいつもこいつの母親も、なにをされても笑って座っているだけだ。ぼろを着せられても粗末な食事を与えられても。もう一度言う。マデレーネ、国のためにアラン・ノシュタット子爵と結婚しろ。異論はないな？」

カイルがふたたび反対を唱える前に、マデレーネはゆっくりと、だがたしかに、頷いた。

「はい、イエルハルト様。国のためであれば、わたくしはどこへでも参ります」

「マデレーネ……！」

「ははは、ほら見ろ。マデレーネもこう言っている。だいたい莫大な借金をつくったのはこいつの母親なのだから、こいつに責任をとってもらわねば」

イエルハルトの傍若無人ぶりにカイルは唇を噛んだが、どうにもならない。国王という最大の庇護を失いつつある今、マデレーネに後ろ盾はない。むしろ、マデレーネが理不尽な扱いを黙って受け入れるであろうことがわかっていたからこそ、国王はマデレーネを案じたのだ。

　イエルハルトは一通の書類を掲げて見せた。王家の印の捺された婚姻誓約書には、夫となるアラン・ノシュタットの署名と、書いたおぼえのないマデレーネの署名が記されている。

「出立は明日だ」

「明日⁉　あまりにも早すぎます！」

「わたくしは問題ありませんわ、カイル様」

「マデレーネ！　ぼくのことは、カイルお兄様と」

　カイルを制し、マデレーネはひときわ明るい笑顔を見せた。これ以上自分のことで兄たちを言い争わせるのは本意ではない。

　ひとり母親の違うマデレーネを、カイルは兄として慈しんでくれたが、イエルハルトはいつからか兄と呼ぶことすら許さなくなった。それでもマデレーネにとっては大切な肉親だ。

「イエルハルト様。母もわたくしも、皆様のお役に立ちたいと願ってまいりました。力及ばず、ご迷惑をおかけしてしまいましたが……」

　残された道は、金と引き替えに嫁ぐことだけなのだろう。

　笑顔を絶やさぬようにというのが、やさしかった母の唯一の言いつけ。だからそれだけは守らなければならない。

　濡れた髪から雫が垂れぬよう気を遣いながら、マデレーネは優雅に礼をした。

「今日までありがとうございました」

そよ風のように穏やかに、マデレーネはほほえむ。寂しさの滲むまっすぐな視線を受けて、イエルハルトは一瞬瞠目した。けれどもすぐに罪悪感は歪んだ笑みに押し隠される。

「向こうへついたらせいぜい贅沢しろ。ここではできなかったことだろう？　公爵位でも与えると言って、もっと金を引き出すんだ！　生意気な子爵家を弱らせろ！」

耳元でこだまするようなイエルハルトの声を思い起こしながら、マデレーネは目前の風景を眺めた。

まだ色づいた葉の美しい王都とは違って、ここノシュタット領では葉を落としきった樹々は裸の枝を伸ばしひび割れたような空を作っている。サン＝シュトランド城は飾り気のない山城で、周囲を城郭に取り囲まれた外観は人の訪れを拒否しているようだ。

（なのに、不思議……どこか懐かしい）

それは王妃であった母のおかげなのだろうと思う。マデレーネが幼いころ、母は視察で王宮を留守にするたび、土地のことを書いた手紙や土産を送ってくれた。母亡きあとのマデレーネが孤独な時間を図書室ですごすようになったのは、まだ見ぬ土地に想像を馳せたかったからだ。

この輿入れの旅のあいだも、マデレーネは窓の外を流れる景色を楽しんだ。

結婚を言いつけられてから翌日の出立もすんなりと進んだ。もとよりマデレーネに私財はほとんどなく、なけなしのドレスや宝石類までイエルハルトから持ち出しを禁止された。

（お母様との思い出の品も部屋に置かれたまま）

おかげで、といえるのか、本来なら半月はかかろうという旅程も半分の期間で終え、城の人々を驚かせてしまった。

慌ただしく荷ほどきがされるなか、執事に連れられ、マデレーネはアラン・ノシュタット子爵と対面した。

「アラン・ノシュタットです」

「マデレーネ・メルヴィ……いえ、婚姻誓約書は受理されましたから、いまはマデレーネ・ノシュタットと申します。マデレーネとお呼びくださいませ」

下げていた頭をあげ、マデレーネは思わず息を止めてアランを見つめた。

艶のある黒髪の合間から鳶色の瞳が鋭い眼差しを投げかけてくる。通った鼻すじと引き結ばれた唇は凛々しく、使い込まれた厚手の手袋をつけ乗馬用のブーツを履いた姿は、領主というより軍人といったほうが似合いそうだ。

なによりマデレーネを驚かせたのは、彼がカイルと似た年頃、おそらく二十歳を少し出たところと思われることだった。

（若くして成り上がった、と聞いていたから、てっきり年配の方かと……）

実際に会ったアラン・ノシュタットは、整った顔立ちに堂々たるたたずまいの、つい見惚れてしまったほど端麗な容姿を持っていた。

「なにか」

「いいえ、申し訳ありません」

ぶっきらぼうに問われ、マデレーネは視線を伏せる。

不躾ともいえる視線の理由に、アランは思い至ったようだった。

「俺のことをなにも知らずに子爵家《うち》へ来たのですか？　どういう神経をしているんです」

「それは……」

呆れたようにため息をつくアランを見上げ、マデレーネは内心で首をかしげる。

（アラン様も同じではないかしら）

十年前の飢饉とそれに続く病の流行から、ヴァルデローズはようやく立ちあがりかけているところ。王家の借金とひとことで言っても、伊達や酔狂で出せる額ではないのだ。

マデレーネを前にしてもアランは冷静な表情を変えない。イエルハルトの言ったように金に飽かして公爵位を手に入れようとする野心あふれる人物には見えなかった。人を寄せつけない空気をまとっているが、人嫌いというわけではないのだろう。その証拠に、出迎えた使用人たちの顔色は生き生きと輝いていた。

「ひとつ、あなたに言っておくことがあります」

しかしゆるめようとした緊張に釘を刺すように、アランは顔をあげると真正面からマデレーネを見据え、告げた。

「俺はあなたを妻と思う気はない。いずれ、離縁するつもりです」

きょとん、とマデレーネの青い目が見開かれた。

「……はい、承知いたしました」

ややあって、驚きを押し隠し、マデレーネは静かにほほえむ。

「ならいい。城では好きに暮らしてください。あなたがなにをしようが、誰と付き合おうが口は出しません。金を使うときは執事のスウェイを通してくださればいい。だからあなたも、俺に干渉しないでください」

「承知しました」

「その作り笑顔もやめてはいかがですか」

今度の驚きは隠しきれなかった。見開いた目でまじまじとアランを見つめてしまったが、最後の一瞥をくれることすらなく、アランは背を向ける。

「アラン様」

ふと大切なことを忘れていたことに気づき、マデレーネは呼びかけた。

アランの言ったとおり、この結婚は金ずくの、愛情などない結婚だと考えることにしよう。だが、彼の本心がどうであれ、王家の窮状を救ってくれたことに変わりはない。

アランが振り返る。

「ありがとうございます」

相手の顔が見えなくなるほど深々と、マデレーネは頭を下げた。当然アランの表情はうかがえない。

ややあって、止まっていた足音が動きだした。

マデレーネは顔をあげる。

視界には先ほどと同じ、アランの背中が見えていた。

◆

マデレーネとの対面を終わらせたアランは、執事のスウェイを連れ、自室へと戻った。

億劫《おっくう》そうにソファに身を投げ出すアランにスウェイは片眉をあげる。常に感情を表に出さない主人は妻になった王女と顔をあわせても冷たくあしらったように見えたが、内心ではなにかしらの変化があったらしい。

北部一の財を成したアランのもとへは縁談がひっきりなしに届く。そのすべてを断っていたのに、マデレーネだけは巨額の金をさしだして妻に迎えた。その理由をアランはスウェイにすら語ろうとしない。

「……俺を見て、当てが外れたような顔をしていた」

ぐしゃぐしゃと髪をかき乱したアランが天井を仰ぐ。

「当てが？　旦那様は若く将来も有望でいらっしゃる。金のために売られたなら旦那様よりよい条件の夫はいないと思いますが」

「だからだ」

スウェイは若くしてアランに才覚を見込まれ執事となった。そんな彼ですら真意がわからず黙り込む前で、アランは立ちあがると窓を開いた。階下にはすでに輿入れの馬車はない。マデレーネとわずかな荷物を残し、王都からやってきた連中はさっさと引きあげたらしい。

「この結婚は王家からの打診だ。目障りな我が家を弱らせるのが目的だと思っていたが……どうやらそれだけではなさそうだ」

困窮した王家とはいえ、身分は王女。本来ならばアランなど、話しかけるだけでも難しい。その王女に、王家は格式を示す道具も持たせず、最低限の護衛だけをつけて送り込んできた。

「彼女は王家に見捨てられている――彼女自身もそれを理解している」

アランを見て驚いたのは、アランが彼女の想像よりもずっとまともだったから――本当に、なにも知らなかったのだ。彼女が覚悟していた身分は、隠居生活を送る貴族の後妻といったところだったのだろう。

なにより、

（あのような笑い方をするひとではなかった）

たしかにマデレーネは美しい。母エリンディラ王妃の美貌を受け継ぎ、風にそよぐ花のようなたおやかさがある。だがあの笑顔は、すべてを押し隠して笑おうとするかのような。

思わず本心を告げてしまったのは、もどかしさを感じたからだ。

「王家の多額の借金といい、いったいどうなっているんだこの国は」

「旦那様……」

「おまけに、セルデン伯が動いてきたぞ。王女との婚姻ならば、盛大にお披露目があるのでしょうと。話を聞きつけるのが早すぎる。焚きつけた人間がいるな」

絶句するスウェイにアランは手を振った。

この年若き領主はこうして同年代のスウェイと話をすることを好むが、大抵の結論は自力で出してしまう。

「まあいい。俺はこれまでどおりの暮らしをするだけだ。言ったとおりだ。金は好きに使わせてやれ。なにかあれば知らせろ」

「はっ」

今回もすぐに冷静さを取り戻したアランに礼をして、スウェイは部屋を辞去する。

だがその表情は硬かった。

第一章◇女主人のお仕事

早朝から城を騒がせた王女マデレーネを前に、ユーリア・ブランテは引きつった表情を隠せずにいた。

そもそもユーリアがマデレーネの侍女となることを決められたのはほんの一週間前だった。

「――末の王女と結婚することにした」

「「「ええええええええっっっ!?!?」」」

主人であり領主であるアラン・ノシュタットの宣言に、使用人たちは驚愕を合唱した。

「歳の近いユーリアを侍女とする」

「ほえええええっっっ!?!?」

今度はひとりで悲鳴をあげるユーリアに、アランはいつもどおり冷徹な視線を投げかけ、手にしていた書状を内ポケットへとしまい込んだ。

「半月後には到着するらしい。以上だ」

主人が去ってしまったあと、残された使用人たちは顔を見あわせた。

ノシュタット家が飛ぶ鳥を落とす勢いとはいえ、子爵が王女と結婚できるはずがない。しかしアランが嘘をついたことは一度もない。

「だとしてもおかしいじゃないかい、こんな急にだなんて！　いくらこっちが格下でも失礼ってもんだ。さあ、働きな！　支度を急がなくちゃ」

直属の上司であったメイド長のベルタは渋面を作ってユーリアたちを追い立てた。

「なあ、王家にはもう金がねえと聞くぞ」

「それで一番金のかかる王女様を旦那様のところへ嫁がせたって……」

「そんなら俺たちはワガママ放題の姫さんを女主人に迎えるってことか？」

ひそひそと噂話が囁かれる。

使用人たちの困惑をよそに、準備は着々と進んだ。お仕着せが新調され、念入りな清掃が指示された。大抜擢《だいばってき》の実感が湧かないユーリアにも、侍女に相応《ふさわ》しいドレスが仕立てられた。侍女は女主人の直轄の使用人であり、その身分はメイドたちとは一線を画す。慣れないドレスに袖を通し、ユーリアはごくりと息を呑んだ。

（どうやら本当に王女が嫁いでくるらしい）

使用人一同、心構えはしてきたつもりだったが――それはまったくもって〝つもり〟だったのだと、一週間も早い到着に蜂の巣をつついたような騒ぎになっている城内を見て思う。

そして正直に言うならば、自分もいっしょに大騒ぎをして、荷物の片づけを手伝いたかった。

「マママママデレーネ奥様まままま」

身体のふるえにあわせて声もふるえる。

ワガママ放題の姫様だと、低く交わされた噂話が脳裏を駆けめぐった。ベルタは迎えにも出なかったようだ。ユーリアが部屋へ急ぐ途中にスウェイがやってきて「あの姫君について気づいたことがあれば報せるように」と険しい顔で言い置いていった。おかげで緊張と不安と警戒は強まるばかり。

「ししししし失礼いたしますすすす」

　マデレーネはやさしげな笑顔を崩さないが、今に怒りだすに違いない。だって、王女なのに国の端っこの子爵家に嫁いできて、農民あがりの侍女にかしずかれるのだ。怒らないわけがない。けれど焦れば焦るほど、どうにもならない。

　王都からやってきた王女様は、文字どおり生まれの違う美しい姿をしていた。

　王都といえば、この国のすべてがあるという場所。王宮は話に聞かされても想像もできぬほどに大きくきらびやかだそうだ。ユーリアはずっと憧れてきた。いつか王都へ行きたい、お姫様のお顔を拝みたいと思ってきた。それがこんなふうに――半分だけが強烈に叶うなんて。

　ユーリア・ブランテは貧しい農民の出身だ。

　十年前の飢饉で、ノシュタット領は復興が早かったとはいえ、余裕にあふれていたわけではない。顔を泥だらけにして働いて、それでも不作のたびにひもじい思いをする。毎年祈るような思いで畑を耕す。幼いころの思い出はそればかり。

　自分を売ってくれと言い出したのはユーリア本人だ。いくらか見られる顔立ちだったユーリアのもとへは、たびたび人買いがやってきた。追い払う両親を止め、金になるのなら、と土で汚れたマメだらけの手をとった。

　そんな自分が王女様の侍女だなんて、バレたら首を刎ねられるのではないだろうか。

お前たち農民とは住む世界が違うんだと父親を足蹴にした役人たち。貧乏人のためには祈ってくださらなかった司祭様。彼らの顔がよみがえる。

唯一の例外は、主人であるアランだけ。

「えっと、ユーリア？　緊張しなくていいのよ」

「おおおお茶をいい淹れさせていただきますすすす」

気を遣われたことに恐縮して、声だけでなく手足もふるえはじめた。

飲みものを用意するためキャビネットへのばした指先は目標を捕らえそこね、ティーカップがカチャリと音を立ててすべりだす。

「ああああ……!!」

受けとめようとした手は勢いあまって、ソーサーまで落としてしまう。

（割れ……!!）

落下する金薔薇の茶器。クビ。弁償。処罰。仕送りを待つ家族の顔が脳裏をよぎる。

硬直した身体は動かず、見たくない未来を拒絶するようにユーリアはぎゅっと涙の滲んだ目をつむった。

息も止まった数秒。

しかし、食器が粉々になる音は、聞こえない。

「……？」

どうしたのかとうっすら目を開けて、ユーリアは悲鳴をあげそうになった。

　床に膝をついたマデレーネが、ティーカップとソーサーを胸に抱きかかえていた。

「割れていないわ」

　ほっとした顔でマデレーネは立ちあがり、テーブルに食器を置く。ドレスの裾が破れているのを見、ユーリアの全身はふたたびふるえはじめた。

　クビ。弁償。処罰――いや、王女様をこんな目に遭わせたのだから、まさか処刑か。

「もももも申し訳――」

　目に涙が浮かぶ。こんなことではいけないと思うのに呼吸が塞がれているようで――。

　もがくように宙をかいたユーリアの手を、温かいなにかがつつんだ。

「大丈夫よ、大丈夫、ユーリア。ティーカップは割れていないの」

「あ……」

　引き戻された意識が現実に戻ってくる。

　が、ぬくもりのもとを認識して、ユーリアの意識はまた飛びそうになった。

　しっかりとユーリアの手を握っているのは、マデレーネの両手だ。白魚のような指が、やわらかな手のひらが、ふるえる手を支えるように包み、胸元へと引きよせた。

「ママママデレーネ奥さ」

「ユーリア」

　落ち着いた声で名を呼び、マデレーネはユーリアの瞳を覗き込む。ぱっちりとして快活そうな目にはマデレーネの笑顔が映っている。でもそれは、ユーリアを心安らがせるものではないらしい。

（お母様なら、どうしたかしら）

マデレーネの脳裏に母の笑顔が浮かぶ。悪夢を見て泣くマデレーネの髪を母はやさしく撫で、それから、いいことを考えましょう、と言った。

頭の中で育ってしまった恐怖が追い払えるように。

「ユーリアの大事な人はだあれ？」

「だいじな、ひと……？」

わけもわからぬままにユーリアはアランの顔を思い浮かべた。育ててくれた父と母、仕事を教えてくれた執事のスウェイにメイド長のベルタ、ほかにも大切な存在はたくさんいるが、ひとりだけと言われればアラン。

身売りをしたユーリアに本来どれほどの労苦が待っていたのかは知らずにすんだ。いの一番にアランが買い取ってくれたからだ。ほかの少女たちもそれぞれに仕事を与えられたと聞く。

「だ、旦那様です」

言えば、マデレーネは笑みを深くした。

ようやくユーリアにもわかりかけてきた。向きあうマデレーネは、ユーリアに笑いかけているのだ。ユーリアを見て、話をしようとしている。

「アラン様との思い出を聞かせてくれないかしら？」

やわらかな声が頭の中に響く。水面を打つように過去がよみがえる。意識が前向きな記憶へと逸れたことで、ユーリアの心は静まりつつあった。

あのときも自分は怯えていたのだと思い出す。

ぼろぼろの身なりをしたユーリアを、アランは冷徹な視線で一瞥した。そして――。

「……『もう大丈夫だ』と、言ってくださったのです」

先ほどのマデレーネのように。

そのことに気づいた途端、ぴたりとふるえが止まる。

「マデレーネ奥様。……お許しくださるのですか？」

ユーリアの視線はしっかりとマデレーネを見ていた。想像の中で膨れあがっていた気難しい王女ではなく、マデレーネ本人を。

その視線を見つめ返し、マデレーネは頷いた。穏やかなほほえみは、知るはずのないユーリアの生い立ちすら見通しているかのようで、けれども蔑みの色は欠片《かけら》もない。

「アラン様のよき妻となり、あなたのよき女主人となれるよう、わたくしも心がけます」

握られたままだった手に力がこもる。

「あなたが安心して働ける場所を作ることがわたくしの仕事よ」

なんと澄んだ瞳で自分を見るのだろうかとユーリアは目を瞬かせた。

サン゠シュトランド城へ来るまで、ユーリアの心は靴底でしか触れられてこなかった。城の外の人間は皆冷たいのだと思っていた。

しかし今から自分の仕えるこの方は違うのだと、理解できる。

「マデレーネ奥様――」

もう声はふるえない。

手を握り返し、まっすぐに眼差しを受けとめる。

腹に力を込め、アランへと同じ、心の底からの忠誠を、ユーリアは誓う。

「おらも精いっぺえお仕《つけ》えいたしますだっ‼」

そしてすぐに、なにを言われたのかを理解しようとしているマデレーネの表情に自分のふたたびの失態を悟り、膝から崩れ落ちた。


「お前《めえ》のそん訛《なま》り、王女様に出すんじゃねえってベルタさんに言われちょったのです」

重たい空気を背負ってぼそぼそと語るユーリアの背中を、マデレーネは撫でてやる。

心を開いてくれたようだと感じた途端に悲鳴をあげて頭を抱えてしまったときにはどうしたのかと驚いたが、

「大丈夫よ。ほとんどはわかるもの。ひとつずつ学んでいけばいいわ」

緊張の原因はこれだったのだろうとマデレーネは合点した。着なれぬドレスで一挙手一投足に神経を尖らせつつしゃべる言葉もでは、混乱して当然だ。

「ユーリア、これからよろしくね」

「奥様あ……ありがとうございますだ」

頬を染めたユーリアは自分よりも年上だが、一生懸命でどこかかわいらしい。

笑顔を見せると、ぐっと奥歯を噛みしめ、ユーリアは先ほどマデレーネがしたように、マデレーネの手を握った。

「旦那様から、奥様のおっしゃるこたぁできんだけ叶えてさしあげるようにと言いづがってます。なんでも言ってくだせえ！」

「ええ。ありがとう」

　ぎゅうぎゅうと痛いくらいの握力も許可なく主人の手に触れることも、ともすれば不敬に当たるのだが、ユーリアの心はきちんとマデレーネに届いていた。

　目を細めて手を握り返すマデレーネに、ユーリアの表情もへにゃりとゆるむ。

（あったけえもんやら綺麗《きれえ》なもんやらが全部詰まってるみてえなお人だ）

　しっかりとした顔をしていなければと思うのに、ぽかぽかと心は弾んだ。

（こん方が、おらの女主人……）

「……ふふ」

「どうしたんですだ？」

「やっと笑ってくれたわね」

「あ」

　言われてユーリアは己の頬を両手で挟む。侍女だというのに、はじめは緊張のあまり、次には決意のために、笑顔を見せていなかったのだ。

「――久しぶりだわ、笑い返してもらえるなんて」

マデレーネの表情が、花びらの揺蕩《たゆた》うようなこれまでの笑顔から、どこか幼い年相応の笑顔になる。

どういうことかと目を瞬かせるユーリアに、マデレーネは思い返す視線になった。

「お母様がね、できるだけ笑顔でいなさいとおっしゃったの。笑顔は笑顔を呼ぶから、皆が楽しく暮らせるように」

でもその言葉はなかなか現実にならなかった。王宮ではイエルハルトを苛立たせ、カイルを心配させた。笑顔が広がることはなかった。

（それはきっと、わたくしの心が伴っていなかったせい……）

作り笑いだと言ったアランは、正しかった。母の笑顔は希望にあふれていた。一方でマデレーネの笑顔は、泣きたい気持ちを堪えて無理に作ったもの。

ユーリアとのやりとりで、マデレーネはそれに気づいた。母を亡くしてからの自分は人の言うことに頷いてばかりで、本当の意味で相手の気持ちを思いやることをしてこなかったかもしれない。

「笑っているだけでは、心を開いたことにはならないわね」

（む、難《むつか》しいことはわかんねえ……けど！）

寂しそうに笑うマデレーネに、ユーリアは心の中でこぶしを握る。

「おらはマデレーネ奥様の味方でんすから！　ほんに、いつでも！　なんでも！　言ってくだせえね！」

「なら、ユーリアには甘えることにするわね」

前のめり気味に訴えるユーリアに、マデレーネも相好を崩す。

「まずは着替えを手伝ってくれない？」

「はい！　もちろんですだ！」

砕けた口調が嬉しくて、ユーリアも目を輝かせた。

侍女としての初めての身支度のお手伝い。

立派にドレスを着つけてみせようと、ユーリアは燃えた。


……数十分後。

着替えたマデレーネを、ユーリアは無言で見つめていた。

ユーリアにもわかった。マデレーネが着用しているドレス。型は流行から遅れたもので、装飾品はあったと思われる場所から取り外され、裏地には継ぎ接ぎが当てられている箇所もある。緊張のあまり目に入っていなかったが、先ほどまで着ていたドレスもそうなのだ。だからこそ体勢を崩したとて裾が破けるだけですんだ。宝石や金飾りがついていればそうはいかない。

これは……ボロい。

（どうして⁇　お姫様ではねえのですか⁇）

衣装棚から取り出したのは、マデレーネが輿入れの際に持参したドレスだ。王宮で着ていたもののはず……だが、本当にこんなものを姫君がお召しになるのだろうか。なんならユーリアのドレスのほうが新しくてきれいだ。

　マデレーネ本人が美しいだけに、ドレスのみすぼらしさがことさら際立ってしまう。

　絶句したまま固まっているユーリアを見、マデレーネもまた悲しそうに眉を下げた。

（イエルハルト様の指図ね……）

　城で暮らしていたときも、マデレーネは身のまわりのものすら自分で買うことを許されず、母親の遺したドレスを手入れしながら着ていた。食事もイエルハルトの気まぐれによって、マデレーネには給仕されなかったり、残りものだけが与えられたりした。そのたびにカイルと反発しあっていたものだ。

　マデレーネの翳った表情を見て、ユーリアは胸元でぎゅっとこぶしを握った。

　使用人たちも驚いていた子爵家への降嫁に、理由がないはずはないのだ。この結婚はおかしいと皆が思っている。でもその原因は決してマデレーネのわがままなどではないと、人となりからわかる。

　ハッとユーリアは立ちあがった。

（奥様のこんお姿見せる前《めえ》に、新しいドレスを用意しなきゃなんねえ）

　数こそ多くないが、ベルタを筆頭として、急な輿入れに反発する使用人は存在する。

（ベルタさんは怒るべ……！）

　長らく女主人が不在のノシュタット家で、アランやスウェイがそれほど格式に厳しくない分、家の中の風紀をたもっているのはメイド長のベルタだ。

「執事のスウェイさんに言って、大《でえ》至《し》急《きゅう》ドレスを買っていただきますだ！　奥様はここへいてくだせえ！」

「そうね。申し訳ないけど、お願いできる？」

　ばたばたと部屋を出るユーリアを見送って、イエルハルトの抜け目のなさにマデレーネは肩を落とした。

　贅沢をしろ、と言いながら、そうせざるをえないように仕向けたのだ。翌日を出立と定められたマデレーネは荷物の確認をする暇さえなかった。ドレスの費用を賄える宝石類などもひとつもないのだろう。ノシュタット家に支出をしてもらうしかない。

　もしかすると、マデレーネのそのふるまいがノシュタット家からの反感を買うことも計算のうちかもしれない。

「贅沢、ね……」

　一般的な価値基準でいけば、贅沢とは浪費だ。豪華なドレスに装飾品、値のはる食材を使った料理に、遠方から取り寄せた調度品、めずらしい花々の庭園、大勢の客を招いた宴など……。

（けれど、わたくしには興味のないものばかり）

　そういったことが好きなのはイエルハルトのほうだった。マデレーネに贅沢をする権限はなかったし、あったとしてもそうしたいとは思わなかっただろう。

　おかげで、散財するという経験がない。経験のないことは難しい。

（イエルハルト様は、ノシュタット家の財産を使わせるためにわたくしを送り込んだ）

——俺はあなたを妻と思う気はない。

感情を押し殺した瞳を思い出してマデレーネは小さくため息をついた。

（アラン様は、わたくしのことを……）

どうしたものか、と悩んでいるマデレーネの背後で、扉の開く音がする。

もうユーリアが帰ってきたのかと振り向きかけて、

「アンタ、こんなところでなにをしているんだい！」

「——……？」

声とともに勢いよく腕を引かれる。

ひとつにまとめた髪にモスリン帽をかぶり、ふくよかな身体に黒のお仕着せをまとう婦人がしかめ面で立っていた。

突然の剣幕にたじろいだマデレーネを、彼女はじろじろとねめつけるように眺めた。

「奥様についてきたメイドかい？　メイド長のあたしに挨拶もしないで！」

「あら、それは申し訳なく……わたくしがマデレーネです。あなたがベルタね」

子爵家当主の妻となったからには〝女主人〟である。最初に彼女に挨拶をしておくべきだっただろう。現に彼女はこうして、マデレーネをメイドと勘違いしている。

（このみすぼらしいドレスでは仕方がないわね……）

女主人がこれでは下の者にも示しがつかない。やはりドレスを揃えさせてもらおう——などと、考えていたのだが。

「はいはい、あんたの主人がマデレーネ奥様なのはわかったよ。で、奥様はどこだね？」

ベルタはマデレーネの言葉を曲解して受けとってしまったらしい。マデレーネのドレスはたしかに、ベルタのお仕着せよりも貧相に見えた。

「わたくしがマデレーネです」

「アンタを通さないと口も利かせないって？」

「あの、わたくしの輿入れにメイドはおりませんで……」

「メイドなんて下等なもんじゃないってのかい！　じゃあアンタ様はなんとお呼びすればいいのかね？　侍女様か？　御婦人かい！　でもね、この家に来たからには特別扱いはしないよ！」

どうすれば伝わるのだろうかと口ごもるマデレーネ。

ベルタはつかんだままだった腕をマデレーネ自身に見せつけるように持ちあげた。

「こんなきれいな手をして‼　王宮ではなんにも教えていないんだろうね！　恥ずかしいと思ったほうがいいよ！　ほらこっちへおいで‼」

そしてそのまま、マデレーネの腕をぐいぐいと引きながら、使用人部屋へひっぱっていってしまったのである。

◆

ユーリアは卒倒しそうになった。執事スウェイからすぐにドレスを手配するという返事を得、意気揚々と戻ってくると、部屋はもぬけの殻。

（おおおお奥様がさらわれた⁉⁉　ってそんなわけねえです‼　早よさがさにゃ……‼）

応接間をおそるおそる覗き、上階から庭を眺め、湯殿まで入り込んで建物中を走りまわり、最後にここだけはありえないだろうと思った場所にマデレーネはいた。

使用人たちの働く一角。

下働きの子どもたちにまじって桶に汲んだ水で泥のついた芋を洗っているマデレーネを見て、ユーリアの意識は本気で遠のいた。

マデレーネの隣には料理長のリュフが立ち、やにさがった顔をしながら話しかけている。

「王都から来たんだって？」

「はい、さようです」

「なあ、おれたち以前どこかで会ったような気がしないか？」

「そうでしょうか。初めてだと思うのですが……」

「ほらっ‼　無駄口叩いてるんじゃないよ‼　野菜はまだまだあるんだからね‼」

会話を交わすマデレーネとリュフにベルタの叱責が飛ぶ。

（おんどら、帰《けえ》ってこいおらの魂……‼）

根性で意識を引きよせると、ユーリアは両足で大地を踏みしめた。

「マデレーネ奥様‼‼」

「まあ、ユーリア」

思わず無礼ととられてもおかしくない大声で呼びたててしまったが、マデレーネはやわらかなほほえみを浮かべるだけ。

むしろ驚いたのは周囲のほうだった。リュフなどは目をむいてマデレーネを凝視している。

「マデレーネ……奥様……？」

「えっ？　この人がマデレーネ奥様だってのか⁉」

「メイドにしては別嬪だと思ったんよ」

「芋洗いなんてさせていい人じゃねえだろ！」

「誰よ、メイドなんて言ったの‼」

「誰ってそれは……ベルタさんが……」

ひそひそと囁かれる動揺と、不安げな視線がベルタに向けられる。

その場にいた全員の注目を浴び、ベルタは顔を青ざめさせた。

「なっ、あなたが奥様ですって……⁉」

マデレーネはユーリアが手渡した布で手を拭いた。芋はすでに洗い終わり、ほかの野菜とともにざるにのせられて水けをきっているところだ。

「驚かせてごめんなさいね。皆さんのお仕事を知らないのは本当のことだから、知りたかったんです」

「仕事……」

混乱したベルタの脳裏に、先ほど自分が放った言葉がよみがえった。

――王宮ではなんにも教えていないいんだろうね！　恥ずかしいと思ったほうがいいよ！

たしかにそう言った。それは当然だったのだ。王女がメイドの仕事など知るはずがない。

（とんでもない無礼を……！）

勘違いを理解したベルタの顔から血の気が引く。だが、失態はかえってベルタの心を頑なにした。

すぐに湧いてきた怒りにとって代わられ、ベルタの顔が赤く染まる。

（いいや、ここで負けたらずっと言いなりだ）

弱味を見せてなるものかとベルタはマデレーネを睨みつけた。目に飛び込んできたのは、型遅れで装飾品もない地味なドレス。自分がメイドと間違えてしまった原因だ。

「お、奥様だと言うのならッ、まずはあなたが、女主人らしい格好をなさったらどうですか⁉」

言葉を詰まらせながらもベルタは叫んだ。

「そんな当てつけみたいなりをして、旦那様を侮辱なさるおつもりで⁉」

王家には金がない。だから一番金のかかる末の王女を、財政の順調なノシュタット家に押しつけてきた。あの噂は本当だったのだ。わざとひどいドレスを着て、新しいものを買わせようとしているに違いない。

（旦那様の金を食い潰そうったってそうはいくかい！）

的中してしまった予感にユーリアが「ひいっ」と頭を抱える。

「ベルタさん！　これにはきっと理由が」

「輿入れのその日にお仕着せよりひどいぼろを着る理由がどこにあるってんだい！」

ユーリアの制止をぴしゃりと一喝しベルタはマデレーネを迎えるために心を砕いた。その陣頭指揮を執ったのはベルタだ。今のマデレーネの姿は、ノシュタット家の歓迎に泥を塗るもの。

「わたしはあなたを主人とは認めません！　無礼というならクビにしなさい！」

使用人たちの表情が緊張したものになる。

ベルタを使いこなせないことで、マデレーネは女主人としての立場を失う。針の筵のような屋敷の空気に、逃げ出してしまえばいい。

（さあ、どうする？　怒鳴りつけようが泣き喚こうが、あんたへの忠誠心は落ちるだけ――）

しかし、そんなベルタの想像を裏切って。

マデレーネはやはりほほえんだまま、水仕事で荒れたベルタの手をとった。

「どうして解雇する必要があるのですか」

その表情も声も、あまりにも穏やかだ。

「ベルタは、わたくしが仕事を知らないと思ってここへ連れてきました。そして皆に言ったでしょう、『この役立たずの面倒を見ておやり』って。だから皆は、まずは一番失敗の少ない洗い場の仕事をわたくしに教えてくれた。教育がゆきとどいている証拠です」

誰も言葉を発する者はなかった。

ベルタですらぽかんと口を開けてマデレーネの言葉を聞いている。それほどに深く、彼女の声は皆の心に染みた。

「先ほどから皆が不安そうな顔をしているのは、ベルタを心配してでしょう？」

「奥様……」

成り行きを見守っていた使用人たちの視線が、マデレーネの言葉を肯定していた。彼らはベルタへの処罰を望んでいない。

「わたくしの身なりが紛らわしかったのは事実です。これで顔をおぼえてくれればいいわ。それにね、ベルタに悪気のなかったことはわかるの。だって」

ふ、とマデレーネの表情をよぎった翳りに、使用人たちは息を呑んだ。

「――本当に性格の悪い人はね、もっと陰湿な嫌がらせをするのよ」

マデレーネが侍女ひとり、メイドひとり連れずにやってきたのはイエルハルトがその費用を許さなかったからだが、許していたとしてもマデレーネは誰も連れてこなかっただろうし、付き従う者もいなかっただろう。

常春の花を思わせる淑女から告げられた闇のひそむ言葉は、使用人たちを完全に硬直させた。

「マ、マデレーネ奥様……」

おそるおそるとかけられたユーリアの声に、マデレーネは我に返った表情になり、笑顔を取り戻す。

「あの、スウェイさんが、すぐにドレスをとりよせてくださると……」

「まあ、そうなの。では皆さん、お騒がせしました」

「かわええやつって言っておきましただ！」

「ふふ、ありがとう」

　うちとけた様子で去ってゆくマデレーネとユーリアを見送り、互いに顔を見合わせて使用人たちはほっと息をついた。洗い場にいつもの空気が戻ってくる。

「悪い人には見えないぞ」

「よかったよ。ベルタさん、口は悪いけど人はいいからさ」

「執事のスウェイさんだってベルタさんが育てたようなもんだもんな」

「ええ、それに大旦那様たちを亡くしたばかりのころの旦那様もね……」

　話し声の内容はマデレーネのもとまでは届かなかったが、ざわめきから使用人たちが安堵しているのは伝わった。

　マデレーネにも収穫はあった。

（わたくしも贅沢をする理由ができたわ）

　部屋に戻ると、なにかを紙に書きとめながら、ユーリアへにっこりと笑う。

「あとでスウェイを呼んでもらえるかしら。ないしょのお話がしたいとお伝えしてね」

◆

　スウェイは底知れぬ緊張に包まれていた。

　呼ばれて訪れた女主人の部屋で、ほかならぬマデレーネ自身がこう切りだしたからだった。

「この結婚は、イエルハルト様のご指示ね？」

アランの腹心を自負するスウェイが、言葉に詰まった。

美しく、それでいてどこかかわいらしい容貌なのに、向かいあったマデレーネには高貴な威厳がある。

顔も知らぬ王女のために調度を揃えることはできても、衣装の類は難しかった。既製品よりはマデレーネの到着後に採寸をさせてもらおうと考えていたら、トラブルが起きてしまったのだ。呼び出された理由はそれだと思っていたのに、マデレーネは驚くべきことを口にした。

主人の顔を思い浮かべ、嘘をつかぬほうがよい、と判断したスウェイは、静かに頷いた。

「はい。王太子殿下より仰せがあったと聞いております」

「イエルハルト様はなんと？」

「それは、旦那様にお尋ねください。私の口からは……」

さすがに言える範囲を超えている。

マデレーネも「そうね」と頷いた。

「あなたも、わたくしの持参品はわかったと思います。この城にお客様がいらっしゃったとしても、おもてなしができません。ドレスや宝飾品を買い揃えさせていただきます」

「はい。奥様のご随意になさってください。旦那様もご承知です」

「けれど、その後もわたくしはお金を使い続けなければなりません」

マデレーネの言葉にスウェイは目を見開いた。

「わたくしは、贅沢をしろと命じられております」

「奥様……」

「わたくしがなにかしら浪費をしなければ、わたくしを粗末に扱っていると言って、イエルハルト様はノシュタット家を責めるでしょう」

まさにそれがスウェイの危惧していたことであった。

王家の求める献身は最初から一方通行なのだ。

子爵の地位は決して高いものではない。ノシュタット家が存在感を増しているのは交易の成功で財を成したから。その権勢も王家を敵にまわせば弱くなる。妙な難癖をつけられないよう、隙を見せず、関わらないのが最善策だった。

なのにどうしてマデレーネを娶ることにしたのか、アランの本心はスウェイですら知らない。

その子爵家の立場を理解した上で、マデレーネがスウェイと話をするということは――。

「王家ではなく、こちらにつく気ですか」

思わずこぼれてしまった問いにマデレーネは困ったように眉を下げた。

「あなたはアラン様の右腕だそうね」

「し、失礼いたしました」

これこそ答えようのない質問だ。

慌てて頭を下げるスウェイを咎めようとはせず、マデレーネはほほえんだ。

「アラン様は、わたくしのためにわざと冷たい態度をとっていらっしゃるのでしょう？」

「！」

「夫からも捨てられるとわかっていれば、わたくしが自分の財産を蓄えようとするのは当然ですもの」

結果的にそれは、イエルハルトが望むとおり、マデレーネがノシュタット家の財産を利用することになる。アランはそこから罪悪感をとり除こうとさえしている。

アランに会い、愛のない結婚であると告げられたとき、マデレーネは驚く顔になり、それからほほえんだ。あの驚きは、アランの拒絶の中にあるやさしさを見抜いたからだったのだ。

「いずれ離縁をする、というのは……わたくしを自由にしてくださるということね」

言葉ではなく行動を見れば、アランがしたことは、マデレーネと王家のあいだにあるしがらみをなくし、自分のもとで保護したうえで、時がくれば解放するという宣言。

「でもわたくしは、アラン様のお役に立ちたいの」

スウェイは眩しそうにマデレーネを見つめ返した。

自分でも測りかねていた主人の意図を、マデレーネは的確に察し、そのうえでノシュタット家とアランに寄り添おうとしている。

（この方は、ノシュタット家に――いや、旦那様に、幸福をもたらす方なのでは？）

だからこそ、彼女を迎えて一日で城内の雰囲気が変わった。使用人たちはいつのまにかマデレーネに信頼の視線を向けるようになっているし、とくにユーリアなどは「マデレーネ奥様に意地悪なすった人はおらが許しませんよっ‼」と鼻息を荒くしていた。

「それでね、スウェイ。わたくし、欲しいものがあるの」

マデレーネに名を呼ばれ、呆けていたスウェイは我に返った。

「承知しました。手配いたします」

手渡された紙片に目を通すと、内ポケットにしまい込む。

「それから、アラン様にお会いできるかしら？」

「それが、旦那様は明日の早朝に領内の巡回に出られる予定で、……今夜も、都合が……」

マデレーネの真摯な気持ちがわかるだけに、言葉は尻すぼみになってしまう。

「会うことも、干渉になってしまうかしら……？」

「いえ、そういうわけではないのですが……」

心配そうに小首をかしげるマデレーネに、スウェイは視線を泳がせた。


そのころ、アランのいる執務室では。

「あの王女様とやらをすぐに追い出してくださいっ‼　あれは金食い虫です！　いまに本性を表してこの家を食い潰しちまいます！」

「いんや、わからず屋はベルタさんですだっ‼　奥様は困ってらっしゃるんだべ‼」

主人を挟み、メイド長と侍女が、喧々囂々《けんけんごうごう》の有様だった。

その真ん中でアランはため息をついている。

ベルタがこの結婚に反対なのは態度からもわかっていた。それでもしばらくは腹の内を隠して女主人に仕えるだろうと思っていたのに、どうやら昼間の一件で不満が噴出してしまったらしい。

おまけにこれまで引っ込み思案で意見を口にすることなどなかったユーリアが噛みついたものだから状況はさらに悪い。

「この件は戻ってからゆっくり聞く。だからそれまでは彼女を主人として扱うように」

「巡回は一週間はかかりますだ！　奥様がベルタさんにいじめられちまうよお！」

「ユーリア！　あんたなんてこと言うんだい！」

「二日だ！　二日で戻るようにする‼　どうしても外せない用事があるんだ」

　叫ぶように言葉をかぶせ、アランは眉を寄せる。

　王家との話が決まり、マデレーネが来る前にと最後の巡回の予定を入れたつもりが、こんなことになるとは。

「金の管理はスウェイだ。王女様がこの家で好き勝手できるわけじゃない。……したいとも思わないだろう」

　突き放す言葉をただ聞いていただけのマデレーネを思い出し、アランはふたたびため息をついた。

「え？」

「なんでもない」

　首をかしげるユーリアに手を振り、すぐに、その目は細く、鋭い視線を宿したものになる。

「俺が気になるのは別のことだ。……金食い虫だと言ったな？　なぜそう思った？」

「え……それは、下男たちだって、金遣いの荒い姫のせいで、王家は金に困っていると……」

「違うですだ、旦那様。奥様はドレスもお持ちでねえし、宝石もなんも……」

思わぬ空気にたじろぐユーリアとベルタを前に、腕組みをしたアランは厳しい表情をゆるめなかった。

◆◇◆

翌日の夕食の席で、スウェイはふたたび緊張していた。ユーリアは顔を真っ赤にして今にも爆発しそうな勢いだ。料理長のリュフは冷や汗をかきながら愛想笑いを浮かべている。

「旦那様がいらっしゃらないもんで、食材がなにもなくてですね……」

予定どおり、アランは早朝から領内の巡回に出た。主人不在のあいだはあまり高級な食材を揃えていないのだ、とリュフは弁解した。マデレーネは運悪く使用人たちしかいない予定の期間に輿入れしてきてしまった。

けれどもそれが嘘であることはこの場の誰もが知っている。主人が不在でも急な客に備えてそれなりの備蓄をするのが当然だ。

マデレーネの前に置かれているのは、一日置いて硬くなったパンとポトフのみ。ポトフは、ミルクポトフという、この地方の平民たちのあいだで食べられているもの。比較的保存のきく干し肉と根菜類に、ミルク、季節の葉物などを加えて煮込んだ料理だ。

当然、王族に出してよいものではない。

やさしく美しい女主人があいかわらずのぼろを着、まかないを食べさせられ、侮られているということが、ユーリアには悔しくて仕方がないのだ。

「ベルタさんに言われたんでしょう……⁉　どうして言うこと聞いちまうんだすか！」

「いやぁ、だってベルタさんに睨まれたら城中の女の子が敵になるんだもんよ……」

「おらは奥様の味方ですだ～～‼　こんなの、ベルタさんが悪《わり》ぃでねえですか！」

ユーリアが地団太を踏みながらリュフに詰めよる。

スウェイもまったく同じ気持ちだった。ベルタのこれは自分を解雇させることでマデレーネへの批判を生み出そうという捨て身の攻撃であろうが、せっかく罰を受けずに許され、使用人たちがまとまりかけているというのに、わざわざ逆らうのは愚行でしかない。

マデレーネの望んだ〝欲しいもの〟を思い出し、スウェイは天井を仰ぐ。

（とにかくすぐに作り直させて――）

と、微妙な空気の食堂に、食器を置く小さな音が立つ。

「あの……おかわりをくださる？」

見ればマデレーネが空になった器を指し示していた。リュフが慌てて飛んでいく。

追加のミルクポトフをよそわれた器に、ちぎったパンをひたし、口に運ぶ仕草は慣れたもの。

ひと口食べるごとに幸せそうに目は細められ、頬はつやつやと上気する。

ベルタを庇うために我慢して食べている……という表情では到底なかった。

「以前よく食べていたのと同じ味です」

「奥様、よろしいのですか……？」

「ミルクポトフはいい料理ですよ。簡単で、お腹いっぱい食べられて、残りものがなんでも入れられて、肉も野菜も摂れます」

「それは、そうですが……」

だからこそ、王族に出す料理ではないのだ。なのに、よく食べていた、とはどういうことであろうか。

愕然とする使用人たちの視線に、マデレーネは「あっ」と声をあげて居ずまいを正した。しかし食べ進める手は止まらない。

（王宮での食事に比べれば、栄養もあるし、十分に豪華なのよね……）

身体じゅうに染み込むような、温かくてやさしい味。

以前に王宮にいた料理人がよくミルクポトフを作ってくれた。けれど彼はマデレーネを庇ったせいでイエルハルトの不興を買い、下働きに降格させられたと聞く。胸の痛む記憶だ。同時に、マデレーネにとっては、最後に自分にやさしくしてくれた思い出の味でもあった。

「ベルタには、わたくしから注意をしておきます。部屋に来るように言ってください。ただ、ミルクポトフは、これからも食べたいの。子爵夫人には相応しくないかもしれないけれど……」

ちらりとスウェイをうかがうマデレーネ。

もとより、アランにはマデレーネの好きにさせろと言われている。格式ばった見方をすれば相応しくないという判断になるだろうが、アランはそういったことには無頓着だ。アラン自身も時折、時間がかからずに楽だからと使用人と同じ食事をとる。

それよりも気になるのは。

（この方は……どんな生活を送ってこられたというのだ……？）

いまだに怒りを収めないユーリアと、ユーリアに叱られているリュフには、スウェイの表情はわからなかった。

◆◇◆

呼び出しを受けたベルタは、その夜、マデレーネの部屋の扉を叩いた。

一応しおらしい表情をつくってはいるが、心のうちは高揚している。みっともなく許しを請うような真似はしない。むしろマデレーネの罰が苛烈であることをベルタは望んでいた。

「どうぞ」

「失礼いたします、奥様」

さて、どんな顔で自分を出迎えるのか見てやろうと顔をあげ、

（？）

想定外の光景にベルタは思わず首をかしげそうになった。

マデレーネの背後に立つユーリアは真っ赤になって怒髪天を衝く勢いというもの。リュフに言って夕食を使用人のまかないと同じにしたのがよほど腹に据えかねたらしい。

だが、ユーリア以上に怒りを見せていいはずのマデレーネは、一応真顔になろうとしているのだが、頬は赤く、目は細められ、口元は怒りのためというよりはゆるむのを抑えるために引き結

んでいるような気がした。

なんというか、好物をたくさん食べたあとのような満足感のある表情だ。

「リュフにパンとミルクポトフをわたくしの夕食にするよう言ったそうね」

「はい。市場が休みの金曜はミルクポトフがまかないと決まっているのです。旦那様がいらっしゃればほかの食材を買っておくのですが、あいにく旦那様はお出かけで、奥様が突然いらっしゃったものですから準備ができずになってしまいました」

用意してきた言い訳をすらすらと並べ立てる。これで許されるなどとは思っていない。本心はその逆、挑発だ。

悪びれない態度にマデレーネの表情が曇る。

「それならわたくしに断りを入れるべきね」

「奥様のこと、すっかり忘れておりまして。メイドだと思ったものですから」

「ベルタさん！　失礼ではねえですか‼」

マデレーネの背後でユーリアが声をあげた。ベルタはフンと笑う。

「失礼だと思うなら罰を与えればいいでしょう？　それが主人の仕事です」

「昨日のこともあります。連日使用人の無礼を見逃すのは示しがつきません。ベルタ、手を出して」

マデレーネはため息をつくと鞭を手に取った。

（どちらが罰を受ける側なのやら）

ベルタがそう思うほどに、マデレーネは青ざめ、眉を寄せている。対してベルタは堂々とした態度でテーブルに手を置いた。

ひゅっと鞭が空気を裂き、手の甲を打つ。

けれども、当たる直前に力を抜いたであろうマデレーネの鞭は、勢いを失ってぺちんと気の抜けた音を立てただけだった。手の甲についた赤い痕は明日には治っているだろう。あかぎれと見分けすらつかないほどだ。

「もう終わりですか？」

もはやせせら笑いを隠そうともせずベルタは問う。

無礼を責め立てたいはずなのに鞭をうまく使うこともできないとは。

(箱入りの王女様なんてこんなものなのね)

自分はもっとつらい目に遭ってきた。負けるわけがない。

ユーリアもまた罰の弱さに口をへの字にしている。

「ベルタさんのなさったんはひでえことですだ。もっとひっぱたいてやんないと――」

「もっと？」

ぽつん、とこぼれたのは、ぞくりとするほど冷たい声だった。

顔をあげれば、己のか弱さに唇を噛んでいると思っていたマデレーネは、眉を寄せ、虚ろな視線をベルタに向けている。

洗い場で見たのと同じ。生気の抜け落ちた幽鬼の表情に、ベルタの全身はこわばった。

「こんなこと、するのもされるのも嫌なことなのに。あなたたちはわたくしにもっと叩けと望むの？」

「……奥様？」

「わたくしは嫌よ。笑いながら誰かを鞭打つなんて。……あなたたちは違うの？」

　マデレーネの手から鞭が落ちる。

　その姿には見おぼえがあった。ベルタはその感情を知っていた。息が止まりそうになって胸をぎゅうと押さえる。

　ベルタの脳裏に幼いころの記憶がよみがえった。

　最初に奉公に出たのは十の年頃だった。王都で代々織物を扱う古い商家で、それだけに躾は厳しかった。なにかをしくじれば右手を叩かれ、言い訳を重ねれば左手も打たれた。毎日何度も打たれ、赤い傷跡の走る肌で涙を拭うと疼くように痛く沁みた。ベルタを鞭打った主人や番頭はその姿を見て笑っていた。これで馬鹿な小娘でも仕事をおぼえるだろうと。

　年月を重ね、自分が上に立つようになったとき、ベルタは鞭が使えなかった。それほどに恐怖が心に染みついていたからである。鞭で打たれる痛みはわかる。そのあとどのような傷になり、どう膿んで、痕が残るのかも。

　失敗を鞭打てぬベルタを主人は役立たずだとみなしたようだ。与えられた地位は取りあげられ、ベルタはお払い箱になった。その後に、アランの母に拾われた。

　また失望されないように、下の者たちに嘗められないようにするには、相手を傷つけなければならない。口汚く罵って、お前は使えない、役立たずだと教えてやって、二度と失敗させないように。

でも――そう、マデレーネの言うとおり。

ベルタは誰かの失敗を嘲笑ったことは、一度もない。

本当は誰も傷つけたくなどなかったのだ。

「申し訳ございませんでしただ、マデレーネ奥様ああああ‼」

部屋に不躾な大音声が響き渡り、ベルタの意識は現実に戻った。

見ればユーリアがマデレーネの足元の絨毯に額をこすりつけ、わんわん泣いている。マデレーネがしゃがみ込んでその髪を撫でるのを、ベルタは呆然と見つめた。

「おら、奥様にもっとひっぱたけなんて、なんてひでえことを言ったんだべか……」

「わかればいいのよ、ユーリア」

ユーリアをなだめるマデレーネの表情はやわらかい。

ベルタもはっきりとわかった。

自分はこの女主人を敵とみなしていた。家の中に入れたくないもの、平穏だったノシュタット家を混乱させるものだと思ったからだ。そして家を守ろうとするあまり、これまでしてこなかったことを――心の底から望んで誰かを傷つけることを、そして相手が同じ憎しみを持つことを、願っていた。

マデレーネはその感情を悲しんでいたのだ。

「ベルタ」

初めて、マデレーネの声を正面から聞いた気がした。自分の中で歪ませてしまった〝金食い虫の王女様〟ではなく、マデレーネその人を見た気がした。

鞭を手放したマデレーネは、ほっとしたようにほほえんでいた。

「わたくしは、アラン様のため、ノシュタット家のために働きたいと思っています。あなたと同じよ。だから聞いてくれる？　わたくしの話を」

ああ、と小さな悔恨の呻きがベルタの唇からこぼれた。

（この方は、ひとの気持ちに寄り添ってくださる方だ）

ノシュタット家の使用人たちの中で、ベルタはリュフに次ぐ古株だ。アランの幼いころを知っている。両親を亡くし失意のアランが家の立て直しのために無茶をしたことも、そのせいで周辺貴族から妬みを買ってしまったこともそばで見て知っている。

伴侶を得られるのがよいでしょうと何度も進言したのはそんなアランを慮ってのことだった。アランには、仕事から離れ、安らぎを与えてくれるような妻を選んでほしかった。金遣いの荒い王女を娶ると聞いたとき、アランは家のために我が身を犠牲にしようとしているのだと思い、アランを利用する王家を憎んだ。

でもそれはすべて、自分の思い込みだったのだ。

「はい、奥様。なんなりと」

膝を折り、ユーリアと同じように額を絨毯にすりつけながら、ベルタは声を詰まらせた。

（この方なら、旦那様のよき伴侶になってくださる）

自分たち使用人のため、領民のため、孤独な戦いを強いられ続けてきたアランの。

◆◇◆

うらうらと照る朝日にまぶたをくすぐられ、マデレーネは目を覚ました。起きあがり、枕元に置かれたベルを鳴らすと、すぐさま自室の扉が開く。

両頬を林檎のように紅潮させたユーリアが、淡いブルーのドレスを両手にかかえて入ってきた。スウェイが取り寄せてくれたうちの一着だ。

「おはようごぜえますだ、マデレーネ奥様！　届きましただよ、ドレスが！　それに……!!」

大興奮のユーリアの様子にマデレーネはくすくすと笑い声を漏らした。

（ドレスといっしょに頼んでいたものも届いたようね）

マデレーネの予想は当たっていた。

使用人たちが我も我もと礼を言っては奥様が困るだろうから控えようという命令なのだが、侍女として最も早くマデレーネに会うユーリアだけは特別に許されたのだ。

しかし、新しいドレスの着付けにてんやわんやになりながらの感謝の言葉は要領を得ない。

「奥様っ、奥様、ありがとうごぜえましたっ、あのっ、おらっ、あっ、お袖はこちらですだ！　おらとっても嬉しくって！　あの、リボンを通さしてくだせえ……！　蜂蜜の甘い匂いがなんともうまそうで……もちろん食べちゃおりませんですよ!?　髪はどうなせえますか、おろしておいたほうが映えますかしら……」

「みんながユーリアのようによろこんでくれるといいのだけれど」

ユーリアがハッと気づいたときにはマデレーネはドレスを着終わり、装いも整えて、部屋のドアを開けようとしているところだった。

「わっ、おらが開けますうううう!!」

慌てて前に飛び出したユーリアがドアに突進する。勢いよく開くドア。

「なんだ!?」

「ユーリア！　お前……!!」

こけつまろびつしながら廊下へと出たユーリアをとり囲むのは、城の使用人たち。料理人、庭師、下男、メイドから下働きの子どもたちまで勢揃いしている。

　その全員が手に同じ淡い桃色の包みを持っていた。

ユーリアほどではないがそわそわとしすぎる使用人たちの空気に、ため息をつきつつも前に進み出たのは、執事であるスウェイとメイド長であるベルタ。

「マデレーネ奥様。昨夜、ドレスとともに、奥様がわたしどものために頼んでくださったものが届きました」

「使用人を代表して御礼を申し上げます」

「「「ありがとうございまぁす!!」」」

深々とお辞儀をするふたりの背後で、使用人たちも声を揃えて頭を下げた。

ユーリア同様、彼らの笑顔はきらきらと輝いている。

彼らが手に持つ『マデレーネ奥様からのプレゼント包み』の中身はふたつ。

ハンドクリームと、手袋だ。

ベルタに叱られたとき――こんなきれいな手をして、と彼女は言った。

今でこそマデレーネの手は美しい。でもそれは成長したカイルが庇ってくれるようになったからだ。常春の国とはいえ、冬の季節は肌を切り裂くような冷たい風が吹くときもある。野外で水仕事をしていたらなおさらだ。マデレーネはそれを思い出した。

ベルタの言葉はやっかみから出たのかもしれない。あまりよくはない言い方だった。

それでも、マデレーネにヒントを与えてくれた。

「使ってもらえれば嬉しいわ」

「「「はいっ‼」」」

「働くのが楽しみになっちまうな」

「はは、水仕事も土仕事もどんとこいだ」

威勢よく応え、小包みを手にうきうきと部屋へ戻っていく使用人たちを見送りながら、マデレーネはほほえんだ。皆がよろこんでくれたことがなによりも嬉しい。

「ベルタさんも、もっとちゃんとお礼を言えばいいのに……」

皆が去った廊下で、ユーリアが不満げな声をあげる。マデレーネとユーリアしかいないからこその本音だ。ベルタもユーリアもまだ目が赤いのは昨日泣きすぎたせい。その目でマデレーネと視線をあわせることが、ベルタには恥ずかしいらしい。

「部屋に持ち帰ったでしょう。きっと使ってくれるわ。要らないと言って捨てるわけじゃないのだからいいの」

「マデレーネ奥様、ときどき言うことが過激ですだね……」

「そうかしら？」

イエルハルトなら、気に入らなければ容赦なく捨てた。そして大抵のものは彼の気に入らなかった。家財も宝飾品も次から次へと王宮へ運び入れては、また売り払う。たしかに彼は贅沢だった。イエルハルトがマデレーネに求めるのは、そういった贅沢の仕方だろう。

（でも、わたくしのものではなく、皆のものを買うのも、十分に贅沢よね）

マデレーネがスウェイに依頼したものはこれだけではない。

話を聞いたとき、スウェイは困惑の表情を浮かべていたけれども、マデレーネの本気を察してからはてきぱきと動いてくれた。

（考えてみればわたくしが輿入れしたことによって必要となるものはたくさんあるのですし。イエルハルト様の目にそれが贅沢と映ればよいだけ）

父や母が健在であったころ、たしかに暮らしは裕福だった。けれど欲しいのは過去と同じ生活を送るための金ではない。欲しいのは、周囲の人々の笑顔。幸せな時間。

今、お腹いっぱい食べられるおいしい食事に、やわらかなベッド、自分を慕ってくれる侍女に、無視したりしない執事とメイド長。

暮らしは十分に贅沢だ、とマデレーネは思った。

（お母様のおっしゃっていたことが、わかってきた気がするの）

笑顔は笑顔を呼ぶ、と母が言った意味を、マデレーネは理解し始めていた。大切なのは、心を開くこと。

アランの言ったとおり、マデレーネの笑顔は作りものだったのかもしれない。でも今はきっと違うだろう。

できるなら、アランにも笑ってほしいと思う。

「ユーリア。わたくしには夢ができました。いっしょに歩んでくれるかしら」

「――もちろんですだ‼」

ぱあっとユーリアが表情を輝かせる。

春の近づきを願うように、窓の外では小鳥たちが囀りを交わしていた。

◆◇◆

セルデン伯爵と対峙したアランは、頬杖をつき、わざと尊大な態度を崩さなかった。

場所はノシュタット領南端の街の料亭、密談用の個室。ただの巡回なら取りやめればよかっただけのものを、馬を駆けて領境まで行ったのにはわけがあった。マデレーネとの婚姻をいち早く聞きつけ、北部貴族たちに言いふらしているであろうセルデンに釘を刺すためだ。

北部領唯一の伯爵家であり、王都の大商会ともつながりのあるセルデンに逆らえる者は、独自の交易網を打ち立てているノシュタット家以外にはない。

　だからこそセルデンは、表向き友好的な顔を見せながら、虎視眈々《こしたんたん》とノシュタット家の没落を狙っている。

「我が家の使用人にまでありもしない噂を吹き込むのは、王家への背信といえるのでは？」

　アランの眼光にもセルデンは笑顔を崩さなかった。

「なんのことですかな？」

「二度目は通用しませんよ。ノシュタット家はセルデン家以上に金を落としている」

　ベルタは言った、金遣いの荒い姫のせいで王家は金に困っていると、下男たちがそう噂していたと。出立の前に下男たちに確認し、その噂は出入りの商人からもたらされたと知った。北部領をまわる商人たちは思わぬ耳寄りな話を抱えていることもあるが、その分信用に値しない巷説《ゴシップ》を仕入れていることもある。

「いったいどの家の人間がそんなことを言い出したのかおぼえておくように言いつければ、彼らは従ってくれるでしょう」

「さあねえ。我が家では、北部に王女殿下が嫁いでいらっしゃるとはなんとすばらしいことか……と、そういったことしか言っておらぬよ」

　両手をすりあわせ、心にもない笑みを深めるセルデンに、愛想笑いすら返さず、アランは席を立った。

「マデレーネ殿下を貶《おとし》めるような行為は許しません」

「おや、奥方をそのようにお呼びで？」

アランの表情が鋭さを増し、セルデンは肩をすくめた。

「彼女は王女だ」

「ええ、王女殿下を大切に想われるのは当然のこと。わたしも気持ちは同じですよ。ぜひ僥倖《ぎょうこう》のお裾分けをいただきたいものだ」

「披露目の場を、いずれ。では」

閉まるドアの向こうで彼がどのような表情を浮かべていたのかは、アランにはわからない。

第二章 ◇ 旦那様の困惑

その夜、帰城したアランは困惑の色を隠すことができなかった。

「お帰りなさいませ」

迎えに出たマデレーネに無言を貫き通し、眼中にないという態度をとってみせ、ユーリアからなにか言いたげな視線を送られる……まではよかったのだが。

城を留守にした二日間で、使用人たちは子どものように朗らかに笑うようになっていた。

なぜかやたらと手の匂いを嗅いでは頬をゆるめているユーリアに、出かける前にあれほど騒いでいたベルタや、中立を守ろうとしていたスウェイも、無表情を取り繕ってはいるがマデレーネに気を許しているのがうかがえるし、彼ら以外の使用人たちは「マデレーネ奥様が料理を褒めてくださった」「マデレーネ奥様が庭を褒めてくださった」「マデレーネ奥様からいたわられた」「マデレーネ奥様から笑顔を向けられた」と大賑わいである。

それだけではない。

（なんなんだあいつらのあの、『奥様にお会いになれば旦那様もきっとわかりますよ……！』って視線は）

おそろしいことに、スウェイとベルタですら『奥様にお会いになれば旦那様ももしかしたら……』という視線を向けてくるのだ。

「いったいどうなっているんだ……」

ジャケットを脱ぎ捨てながら、アランはひとりぼやいた。ものすごくなにか言いたそうな顔をしていたので、言葉になって出てくる前にスウェイはさがらせた。

マデレーネが城の中に居場所を作るのはいい。むしろ王宮で彼女が置かれていた立場を理解したからこそ、安らげる場所であればいいとは思った。

しかしこれは予想外にすぎる。

（心配せずともよかった、ということか）

赤ら顔に含み笑いを浮かべたセルデン伯爵を思い出し、肩をすくめると、アランは整えられたベッドへ横たわった。

◆

翌朝、食堂でひとり朝食をとりながら周囲を眺めてみれば、城の変わりようはよくわかった。

床も食器もいつもより磨き込まれ、テーブルクロスは新調したのかというほどに真っ白、庭の草木も彩りがよくなった気がする。小春日和の陽光に花びらをたゆたせる冬薔薇は、アランが以前見たときよりも大きく、色鮮やかで美しかった。

そしてそんな風景のおすそ分けとでもいうように、テーブルの上には硝子の花瓶が置かれ、薄紅色の薔薇が飾られている。

「……」

薔薇の理由を推測するも、だからどうということはない。

と、思うのに。

「奥様からのお心遣いです」

給仕をしていた料理長のリュフが囁いて、ウィンクしてきた。父の代から長年勤めていて、アランの倍にもなろうかという歳だが、いつまでたっても陽気な性格の男だ。

「お忙しい身の旦那様に、少しでも癒しをとおっしゃって。やさしいお方だ」

「……だからなんだ？」

どうしろというのか、とは、聞かずともわかっている。

いっしょに食事をとれ、というのだ。

最初に宣言したとおり、アランは妻となったマデレーネと行動を別にしている。寝室も別、家具類も別、食事も別で、マデレーネが使う費用についてはスウェイに一任しているから話すこともない。

マデレーネが自他共に認める女主人となろうとも、アランはマデレーネをそばに置くつもりはない。それはこの結婚の最初から決めていること。

次にくだらないことを口にしたら食堂から叩き出してやろうという主人の内心を感じとったか、リュフは苦笑いで壁際へ退き、それ以上なにも言うことはなかった。

けれど、食事のたびに花は増えてゆく。

昼には冬薔薇にスミレの花が添えられ、夕食のテーブルにはプリムラが。

(わたくしはおそばにおりますよ)

そう、語りかけてくるかのように――。


(……なんだかわからないままに、疲れたな……)

自室に戻り、アランは大きなため息をつくとソファに沈み込んだ。傍らではスウェイが脱いだジャケットの埃をとり、クローゼットに片づけている。

マデレーネが嫁いでから、初めて、丸一日を城ですごした。

結局マデレーネと話す機会は作らなかった。使用人たちが今か今かと期待しているのがわかって、むしろ意地をはってしまったのだ。書斎に閉じこもり、食事の時間もずらした。

おかげでいつにない疲労に襲われている。

「――マデレーネ奥様は、王太子殿下の思惑を見抜かれておいででした」

ぽつりと呟かれた言葉にアランは顔をあげた。留守にしていたあいだの報告ということなのだろう。もちろん、現在のノシュタット子爵家に王女の輿入れ以上の重要事項などないからそれは正しい。

「そうか。お前にそれを伝えたということは、彼女もただの操り人形ではないということだな。で?」

頷きながら先を促せば、スウェイはいたって真面目な顔で、小包をふたつ持ちあげてみせ、

「わたくしどもにクリームと手袋をプレゼントされました」

「……」

「旦那様にも、こちらを」

そのうちの大きいほうを、アランに手渡した。

中身は上等な白い仔山羊《キッド》の手袋と、毛織の襟巻だ。

――旦那様は絶えず領内の見まわりをしていらっしゃるとか。馬上では風も強く吹きましょうから……。

マデレーネはそう言ったという。

それ自体は本心からアランの身を思いやってのことだろう。十年前に両親を亡くして以来、独力で当主を務めてきたアランにとっても、その真心は温かさを感じるものではあるが。

なぜかスウェイの表情がほわほわしているように感じるのは気のせいだろうか。

「彼女が買ったのはドレスとそれだけか？」

話題を先へ進めれば微妙に残念そうな顔つきになる。気のせいではないらしい。

「いいえ、ここからが本命でしょう。城の増改築と、家庭教師も雇いたいそうです。こちらは旦那様の許可が必要かと思い手配は進めておりません」

「いい。彼女に一任する」

「奥様がつけた条件はふたつだけです。いずれの業者、教師も、質が高く、口が固いこと」

「まるで俺のつけるような条件だな」

ノシュタット家に敵は多い。マデレーネが嫁ぐ以前から、口さがない連中が妙な噂話を振りまくことはたびたびあった。

「お前なら見合う者をさがせるだろう」

「かしこまりました」

スウェイは胸に手を当てて同意を示す。報告は終了だ。普段ならばアランの就寝の準備を整え、執事はさがる頃合い。

「旦那様」

「なんだ」

「奥様とお話をされてはいかがでしょうか」

「……お前まで……」

胡乱《うろん》な視線を向けても、スウェイは真正面から受けとめて見つめ返してくる。

幼くしてアランに拾われ、忠義を示し続けてきたスウェイは、使用人として常に線を引き、主人に対して踏み込んだことを言うような男ではなかった。

「お前も彼女も、〝王太子殿下の思惑〟は理解しているわけだろう?」

思わずため息まじりの皮肉を告げれば、スウェイの視線が逸れた。

(こいつがこんなことを言うとはな)

イエルハルトの望むとおりに金を使って、監視の目が外れたらマデレーネを離縁する。それが互いにとってもっとも穏便に終わる選択肢だ。

拗ねたような表情の執事と、マデレーネからの贈りものとを交互に眺めていたアランだったが、やがて無言のまま手袋をつかむと立ちあがった。

訪ねたマデレーネは就寝の支度を整えたところだった。

「このような姿で申し訳ありません」

寝間着の上に肩から広めのショールを羽織り、髪をおろしたマデレーネは幼く見えた。

「こちらこそ、無作法な訪れをしてしまいました」

頬を染めるマデレーネにアランも思わず顔を俯ける。背後に控えるユーリアの視線が痛い。

「いえ、旦那様ですもの。いつでも気兼ねなくいらしてください」

マデレーネの笑顔に、それは本心らしいと知る。

言葉を交わすのは輿入れの日以来。あのときだってまともに会話をしていないから、面と向かって話をするのはこれが初めてなのだ、ということにアランはようやく気づいた。

「襟巻と手袋を、ありがとうございました」

だが、ゆっくりと夫婦の時間をすごす気にはなれず、アランは用件を切り出した。

「気に入っていただけたなら――」

「しかし、あなたにお詫びを申しあげておかねばなりません」

飲みものの用意をしようとするユーリアを手で制し、アランは無表情なまま告げた。

「俺はこの手袋を使いません」

「なっ、なぜですだ!?　あっ、申し訳ごぜえません！」

割り込むように声をあげたのはユーリアだった。すぐにビッと姿勢を正して頭を下げるユーリアに、マデレーネは笑顔で首を振った。

「では、襟巻は使っていただけるのですね」

「……」

そう言われるとは思っていなかったアランは一瞬言葉を詰まらせたものの、やがて頷いた。

マデレーネは笑みを深くする。アランがこのような無礼ともとれる態度をとっている理由が、彼女にはわかっているのだ。

いっそ噂のとおり、厚顔無恥なワガママ王女であってくれればよかったのにと思う。

「ユーリア、温かいお茶を淹れてくれる？」

「あ、はい！　すぐに！」

「慌てなくていいのよ」

小走りに出ていこうとするユーリアの背にマデレーネが声をかけると、気づいたユーリアが足を止めた。扉まで歩き、一度室内を振り向くと、腰を折って辞去の礼をする。その仕草には優美さの萌芽があった。マデレーネが宮廷風の礼儀を教えているのだろう。

この言いつけが人払いであることをアランは察した。先ほど飲みものは不要だとアランが示したのを、あえて用意させるのだ。しかも台所まで行かねば湯は手に入らない。

ユーリアが部屋を出ると、マデレーネはやはり穏やかな表情でアランに向きあった。

「手袋のことは異存ございません。けれど、捨てずにとっておいてくださいませ」

「なぜです？」

「いずれ必要になるからです。わたくしがお母様のドレスに区切りをつけたように、旦那様もお父上様の手袋に区切りをつける日がきます」

　アランの目が見開かれた。

「なぜそれを……？」

　スウェイやベルタは気づいているだろうが、はっきりと言ったことはない。嫁いできたばかりのマデレーネが知っているわけがなかった。

「この城へ参りましたとき、旦那様は外出のご準備をされたところでした。その際につけていらした手袋は、飴色の、使い込まれた厚手のもの」

　マデレーネは眉を下げながらも、そのときを思い出すように視線を遠くへと向けた。

「革は使うほどに味が出ます。旦那様の手袋からは、大切に手入れをされていたことがうかがえました。何年もお使いになっているのでしょう。けれど、その手袋は、少し大きいのではありませんか」

「そのとおりです」

「数年前に作って、まだ大きいということはありません。ご自分の手袋なら」

「それだけのことを、あのわずかな時間で？」

　アランはため息をついた。たしかに手袋は父であり前領主であるジャレッド・ノシュタットのもの。わたくしがお母様のドレスに区切りをつけたように、と言ったとおり、マデレーネはアランがなんのために父の手袋を使い続けているのか、理解しているのだ。

「……領地の皆様のためでございましょう」

心を読んだようにマデレーネが告げる。

「俺の母親は平民の出です。裕福ともいえない商家の娘だ。飢饉の混乱の中で俺がノシュタット家を継ぐには、領民とのつながりを強めるしかなかった」

「領主は民を守るもの。正しいご決断だったと思います」

「あなたはそう言うでしょうね」

アランの唇の端に苦い笑みが浮かぶ。そろそろユーリアが戻ってくる。心をよぎった考えは多くあったが、語りあう暇もなければ、不用意に暴いていいものではないとアランは思った。

「真新しい白手袋が必要になると、あなたはおっしゃるのですね」

「はい。……披露目の場には、とくに」

どれほど城の中でそっけない態度をとろうと、対外的なアランの立場は変わる。それは避けられない。社交の場に出なければならないこともある。ともすれば王都にも顔を見せなければならなくなる。

マデレーネの贈った白い手袋は、それらの機会に、彼女が隣にいるという表明だ。

そしてもうひとつ、馬上で使える襟巻を贈ることでマデレーネは、アランの頻繁な外出を認めた。家のことは彼女が守るという宣言でもあるのだろう。

「わかりました。大切にとっておきましょう」

突き返そうとしていた手袋をポケットへしまい、アランは扉へと向かう。これで話は終わりにするつもりだった。

「ここは暖かな場所ですね」

背にかけられた声は、引き留める響きを持たなかったが、アランの足を止めた。

アランの背に春の陽光のようなほほえみを向け、マデレーネは呟く。

「スウェイもベルタもユーリアも……皆の心の中にアラン様がいらっしゃる。皆、アラン様を尊敬しておりますわ」

「……おやすみなさい」

扉を開ければ廊下のすぐそこにポットを運ぶユーリアがいた。

「あれっ、旦那様？　お茶のご用意ができましたが……」

アランの姿に驚くユーリアに手を振り、茶を飲むつもりはないことをもう一度示す。

「ええぇ……？」

「ありがとうユーリア。わたくしのために淹れてくれないかしら？　ミルクをたっぷりでね」

「はい、奥様！」

困惑した視線と声をアランへ送りながらも、マデレーネに促されてユーリアは部屋へ入った。

月明かりを頼りに薄暗い廊下を歩きながら、アランは長いため息をつく。

マデレーネの言うとおり、アランが父親の手袋をつけるのは領民たちのためだ。もっと有り体に言えば、領民たちに自分を認めさせるため、善政を布《し》いていた父の遺志を受け継ぎ、領地を守るために働くのだと信用させるため。

　若くして領主となったアランに後ろ盾はなく、領民の支持を得ることは必須だった。母の家にアランを庇護するだけの力がない以上、弱みを見せたが最後、ノシュタット家はほかの家の食いものにされる。

「坊ちゃま、こんな風の寒い日に……」

「旦那様と呼べ」

　子ども扱いをやめようとしないベルタを叱り、十二歳だったアランは、ぶかぶかの手袋を無理につけた。手首をひもで縛りずりおちないようにしてまで、父の威厳を借りようとした。

　今でもそうだ。父の手袋をつけ、父と同じ馬具を使い、領内の巡回や警備を欠かさないアランの姿に、人々は安堵する。「ジャレッド様のようだ」「ジャレッド様も天国でお喜びですよ」と言って、アランを受け入れる。

　それは彼と領民との暗黙の約束。

（しかし、彼女と俺では、意味が異なる）

　スウェイやユーリアからの報告にもあった。マデレーネは時代遅れのドレスしか持っていなかったと。宝飾品は取り去られ、裏地どころか表地にまで継ぎを当てたような酷いものだったと――。

　マデレーネが自らの意思だけで母親のドレスを着ていたのだとしたら、そんなことにはならない。彼女自身の言ったとおり、親の衣服は十代の子女にとっては大きすぎる。彼女が母親のドレスを着るようになったのはこの数年であろう。

それにしてはドレスの状態が悪すぎるのだ。

（たとえば、誰かが故意にドレスを傷め、貶めたかのような）

少なくとも、手入れをされてきたものではない。

アランが父親の遺品を身に着けることで領民から未来の期待を得たように、マデレーネは母親の遺品を身に着けさせられ、それによって王宮の負の感情を引き受ける役目を負わされていたのではないだろうか。

誰に、と考えれば、この婚姻を打診してきたイエルハルトに、なのだろう。

（……状況が落ち着けば、彼女を王都へ戻すつもりだったのだがな……）

ノシュタット家の金を使うだけ使って贅沢をさせたあとは、マデレーネを返せと命じられるのだと予想していた。しかし王宮へ戻り、マデレーネが幸せに暮らせるとは思えない。

――ここは暖かな場所ですね。

別れ際のマデレーネの声がよみがえり、アランは眉を寄せた。

（だが、彼女をこの家へつなぎ留める資格は、俺にはない。――いつでも手放せるようにしておかなければ）

こぶしを握り、アランは窓の外に浮かぶ三日月を見上げた。

一方、マデレーネの部屋では、ユーリアがまだ腑に落ちない顔をしていた。

温かなミルクティーにほっとした表情を浮かべながらも、マデレーネの横顔はどこか愁いを帯びている気がして、それはまたアランにも共通しているように思えるのだ。

「奥様……あの、大丈夫《でえじょうぶ》ですだか？」

おそるおそる尋ねるユーリアにマデレーネはにこりと笑う。

「心配をかけてごめんなさい。……アラン様に、笑ってほしいと、思うのだけれど……」

言葉はだんだんと弱くなってしまう。アランがマデレーネとのあいだに設けた壁は、想像以上に強固だった。

「旦那様の……笑顔……ですだか……見たことねえような」

ユーリアは腕を組み唸り声をあげる。拾われたときにはすでにアランは〝厳格な領主〟だった。それでも怖いと思ったことはない。

「旦那様は、お父ちゃん、みたいな……あっ、いえ！　今のはナシにしてくだせえ！」

「ふふ、わかるわよ。領地を守ろうと立派に努めていらっしゃるものね」

慌てて手を振るユーリアにマデレーネはくすくすと笑って同意を示してくれるが、ふたつしか歳の違わぬ主人を父親扱いは無礼だ。

マデレーネは椅子の背にもたれると天井を見上げた。

「でも、どうしてかしら、わたくしにはアラン様の笑ったお顔が想像できる気がするの」

おぼろげながら、それは確信だ。アランは、彼がそうふるまっているような冷たい人間ではない。

(焦ってはいけないわね)

マデレーネの口元に穏やかなほほえみが戻る。

「少しずつ、できることをしましょう。まずは女主人の仕事をね」

(つまり……奥様は、旦那様と仲よくなりてえってことですだ)

明るい表情になったマデレーネに頷きつつ、ユーリアは考えた。使用人たちともうちとけたマデレーネだ、当然だろう。それにマデレーネは女主人で、旦那様の奥様なのだから――とそのとき、カカカッと雷の落ちたような衝撃に見舞われる。

(はっ！　まさか……奥様のお気持ちは……ラブってやつじゃねえですかい⁉)

「どうしたの、ユーリア？」

突然真剣な顔つきになった侍女にマデレーネが首をかしげた。

「いんえ……！　なんでもごぜえません！」

首を振り、ユーリアは笑顔を作った。

(旦那様も奥様を好きんなるはずだべ‼　だって奥様はこんなにかわゆらしいんだもの)

そこに多分な欲目と願望が加味されていることに気づかず、

(ベルタさんに相談ですだ……！　待っててくだせえ奥様、おらたちが味方です‼)

両のこぶしを握りしめ、ユーリアは決意した。

◆◇◆

朝晩の冷え込みが厳しさを増し、日差しすら凍りつきそうな冬の朝。

執務机にどっさりと積みあげられた紙の束を眺め、アランは真顔になっていた。

すべて書類だ。アランが城を空けた一週間のあいだにこれほどたまってしまったのだ。おまけになぜか、それを持ってきたのはスウェイではなくベルタとユーリア。

「スウェイさんが追加で持ってきてくださるはずです」

アランの内心を読んだかのようにベルタが告げる。その顔は気迫に満ちていて、アランをたじろがせた。

手袋を受けとったあの夜から、アランはマデレーネを避けた。領内巡回の予定を組み直し、領内をまわった。戻ってきてからも食事の時間をずらし、このあとも財政の確認をするという名目で役人たちを呼び出してある。

マデレーネに関わる気はないのだと態度で示したつもりだった。

「こちらは披露目の晩餐会に関する書類です」

書類の山を分類して執務机に並べながら、ベルタが説明する。ユーリアは手を出せないようで、ベルタの背後から首をのばして見守っているだけ。

「ああ……」

たしかにマデレーネは披露目の場が必要であることを察していた。アランもそれは否定しなかった。女主人としてその準備に動きだすことはなにもおかしくはない――が。

「こちらは招待客のリストです。旦那様に確認いただかねばなりません。こちらは日程の候補、招待状の文面が三パターン。日程と文面が決まりましたら、こちらがカードと封筒のサンプル、リボンのサンプル、こちらが晩餐会の式次第に、献立の案――」

「待て話が早すぎる」

思わず話を遮ると書類をめくってみせていたベルタが手を止めた。

「……彼女はこれを一週間でまとめたのか？」

「はい。楽しそうに、詩歌をくちずさまれながら」

「失礼いたします」

驚きを口にする前にスウェイの声とノックの音が響く。

「入れ」

許可に応じてドアを開けたスウェイの手に抱えられた書類を見て、アランはふたたび真顔になった。

「こちらが城の改築箇所の設計図と費用の見積もりです。業者の選定は終わっておりまして、旦那様の許可をいただければすぐに取りかかります。こちらは奥様がお考えになった、家庭教師のカリキュラムです」

「仕事が早いな」

「奥様はそれはもう生き生きとしていらっしゃいまして」

「……」

「おらはよくわかんねえですけど……もしかして奥様って、すげえ人なんじゃねえですか」

ユーリアがこぼした呟きに、スウェイとベルタは無言で頷き、アランは眉間の皺を揉む。

「しばらく城にいなければならんな……この速さで仕事をされたら、領主《おれ》抜きでは進まん」

書類にちらりと視線を向け、許可を与えるだけですむようになっているのだろうとアランは唸った。ここまで完璧に文書でまとめてみせたのは、アランに顔をあわせる気がないことを理解しているからだ。取りこぼしや不明点があるとは思えない。

それでも、スウェイが運んできた分もあわせれば、机の上の書類はちょっとした山だ。これを切り崩していくだけで数日はかかる。

（エリンディラ王妃も様々な制度案を打ち出しておられたが……血は争えないということか）

アランの脳裏に懐かしい面影がよぎった。マデレーネと似た金の髪に青い瞳を持つ王妃。やさしい記憶と同時に悔恨の情を呼び起こされそうになって、アランは首を振った。

「では、食事は――」

「食堂ですだ！」

執務室へ運んでくれ、と言いかけたアランを遮り、三人の使用人たちはずいっと身を乗り出した。

「旦那様は本日も予定が詰まっており、お忙しいお身体でございますから」

「奥様とごいっしょに食事をされれば打ちあわせもできます」

「お前たち……」

「まさか、奥様だけにお仕事を押しつけるわけではございませんよね？」

そのときになってようやく、彼らが示しあわせて大量の書類を運び込んできたのだということをアランは悟った。

――自分たちの敬愛する〝旦那様〟と〝奥様〟の距離を一歩でも近づけるために。

（嵌められた……）

内心ではため息をつきながら、さりとてあからさまに表に出すのは憚られ、アランは無表情をたもっていた。

向かいにはマデレーネが、昼食の支度とともに待っている。

いや、むしろ、なぜかマデレーネしかいない、といったほうが正しい。使用人たちは誰もおらず、アランはマデレーネとふたりきりだった。

「打ちあわせを兼ねておりますから人払いをいたしました」

いつもどおりの涼しげな顔をしたスウェイはそう言うと、反論する気力もないアランを置いて食堂の扉を閉めてしまった。

「招待客のリストを見ました。過不足ないと思います。招待状の文面は最初のものがいいかと」

「まあ、よろしゅうございました。ではそのように手配いたします」

「ほかの件についてはこのあと確認します」

「ありがとうございます」

（……読めた書類の量からして、打ちあわせもなにもないじゃないか）

前菜が供される前に伝えるべきことはすんでしまった。

それならだんまりを決め込めばいいだけなのだが、使用人たちの期待がわかる以上、背中がむず痒くなるものである。

そっとマデレーネをうかがえば、テーブルに置かれた花瓶にはいまやこぼれんばかりの花が飾られ、薄紅や空色の花びらの向こうに青の瞳が嬉しそうにこちらを見つめていて、アランは思わず視線を逸らした。

冷たくしている、と思う。輿入れの対面でははっきりとした拒絶を示し、その後も避けてきた。マデレーネもそれはわかっているはずだ。

わかっていてどうしてそれほどに、自分と同じ席につくのをよろこんでいるのか。

「心遣いを……ありがとうございます」

一瞬なんのことかと悩むそぶりを見せたマデレーネは、すぐにそれがふたりのあいだに咲き誇る花々を指すのだと気づいたようだ。

「庭の花がとってもきれいでしたから、アラン様にも見ていただこうと思ったのです」

弾んだ声が返る。

満開の花のような笑顔に、アランは瞠目した。

この城へやってきたときのような、はりついたような笑顔ではない。

（……変わった、のか）

それとも、戻った、と言うべきか。

マデレーネはゆっくりと前菜を食べ進めるだけでそれ以上話題を広げようとはせず、自ら話しかけようという意識はないらしい。それはそうだ、干渉するなと突き放したのは自分なのだから。ならばそれでいいではないかと自身に言い聞かせる。

ただ、時折、視線を感じるのだ。

それから、花がほころぶときのような、音もない小さな空気の振動が。そのたびにアランの脳裏に笑顔がよみがえった。

その笑顔を見たいと思う自分が、たしかにいる。

だから、マデレーネが「あ」と小さな声をあげたとき、アランはフォークを取り落としそうになってすんでのところで握りなおした。

「アラン様に、さらにわがままを言わせていただきたいのです」

「なんでしょうか」

「晩餐会のために王都から料理人を呼びたいのです。身元はわたくしが保証しますわ。リュフも同意してくれました」

「ああ、それはもちろんです」

内心の動揺を押し隠しアランは頷く。

「ありがとうございます」

笑顔のあと、ふたたびの沈黙。マデレーネの声が途絶えた途端に空気が硬直したように感じ、アランは目をすがめた。

なにか話題をさがすべきか、無言を貫くべきか――。

（いや、なにを考えているんだ俺は）

使用人たちからどれほど期待されようと、マデレーネに近づくつもりはない。


――と、思ったのに。

背に当たるのは、いくぶんか穏やかになった昼下がりの日差し。図書室の一角、本を読むためのスペースには、思い思いにソファに腰かけ、書類を眺めるアランと、本を手にとるマデレーネ。

（どうしてまたこうなっているんだ）

それはスウェイが「役人たちからの報告は私が聞いておきましょう」とアランの目の前で応接間に鍵をかけてしまったからであり、ベルタが「たまには気分を変えて図書室でお仕事をなさったらいかがでしょうか」と書類を運んでしまったからで、そうこうしているうちに、案の定ユーリアに連れられたマデレーネがやってきたのである。

（俺は流されやすい性格なのか……？）

これまで使用人から強く出られた経験のなかったアランは、自身の思わぬ一面を発見していた。

（期待に満ちた目で俺を見るな、ユーリア！）

対応を変える気はない――とは思いながら、やはりそわそわと落ち着かない。

書類から顔をあげマデレーネを見ると、彼女もまたアランへと視線を向けたところだった。目があったマデレーネの頬にほほえみが浮かぶ。けれどそれに笑い返すわけにはいかず、態度はどうしても冷淡になる。

（旦那様！　なにを意地になってんだべか‼）

マデレーネの背後でシュッシュッとこぶしを振りあげる仕草はユーリアなりの激励だ。苦い表情になるアランに、マデレーネが困ったように眉を下げる。

「申し訳ありません、これも干渉ということになってしまいますか？」

「あ、いえ……」

悲しそうに尋ねられてまた言葉に詰まる。もちろん目があった程度で干渉などと騒ぐつもりはない。応援のつもりが裏目に出てしまったユーリアもマデレーネの背後で青ざめている。

「……なにを読んでいらっしゃるのですか」

仕方なく、アランは話題を振った。途端にユーリアの顔がぱっと輝く。

（我ながら甘い……）

内心でため息を吐くアランに、マデレーネは本を掲げ、表紙を見せる。

「『農耕全書』でございます」

「『農耕全書』を……？」

大人でも読み通すことは難しい指南本だ。アランも一度読んだきりで、すべてを理解できたとは言い難いものの、身につけた知識は領地経営に役立っている。読み返さねばと思っていたところだった。

「数年前に読んだきりで忘れている部分もありますから、読み直したいと思ったのです」

「『農耕全書』を……？」

同じ台詞を呟いてしまった。それほどに、箱入りの子女が読むような内容ではない。しかもマデレーネの口ぶりでは、すでに理解した内容を確かめたいというように聞こえる。

「第二巻ということは、山地の開拓ですか」

「はい。エストベリの山には以前畑があったと聞きましたもので」

「！」

まさに、先週の巡回でアランが考えていたのはそれだった。

サン＝シュトランド城の東に位置するエストベリは、十年前まで村の名前でもあったのだ。それが飢饉の際に村民たちが逃亡し、役人もこれを阻止することが難しく匙を投げたため荒れるに任されていた。

今、ノシュタット領は人口を増している。周囲の領地がいつ手のひらを返すかわからない以上、自領内で食料が確保できるに越したことはない。エストベリを復活させ、その周囲に開墾を広げていくこと、それがアランが漠然と考えていた計画だった。

（そういったことをすべて見通して？）

だとしたら、嫁いで半月のうちに、マデレーネは城内のことも領内のことも把握しつつあるということだ。

「……畑の再利用はできると思いますか？」

「そうですね。以前に畑があったということは地質は問題ないのだと思いますから、土壌を調査してみて、でしょうか。土の状態で採るべき方策が変わりますので」

あっさりと答えるマデレーネは、たしかに書物の内容を理解している。

（もしかすると俺は、途方もない思い違いをしていたのかもしれない）

マデレーネの境遇だけを見て、本人を見ていなかった。王宮を出ることもできない寄る辺ない身の上、誰かが庇護すべき存在なのだと考えていた。

（彼女の価値はそんなものではないのでは……？）

マデレーネの母、エリンディラ王妃の面影がよぎる。

（王家はこのことを知らないのか）

「どうされたのですか？」

「いえ……」

考え込んでしまったアランにマデレーネが首をかしげる。マデレーネ自身は自分がどれほどのことを口にしたのか、わかっていないらしい。

視線から逃げるように俯き、アランはマデレーネの傍らにもう一冊の本が置かれていることに気づいた。牧歌的すぎる表紙の緑の風景の中から、半眼の羊が身を寄せあってアランを見つめている。

「……『羊の飼い方』？」

「はい！」

口に出してしまった平々凡々なタイトルに、マデレーネは嬉しそうに顔をあげた。

「ノルド村――ユーリアの故郷の村で、羊を飼うことにしたのだそうです。まずは小さなひと群れを。慣れたら仔羊も産ませようと言っていて」

想像したのか目尻を下げ、夢見るようなうっとりとした視線を宙にそそぐマデレーネ。

「羊さんたちのベッドで眠れるかもしれません……！」

「羊のベッド……？」

ウールなら今でも毛布として使うことができる。

マデレーネの言っているのは、ほんものの羊の背に寝そべりたい、ということのようだ。

「はい。暖かくてふかふかのベッドで眠るのが長らくの夢でした。おまけに羊たちは群れるのです。城のどのベッドより大きくなりますわ」

頬を上気させて力説するマデレーネはおとぎ話のような夢に心躍らせていて、とても『農耕全書』を読破した者とは信じられない。

想像の中で、メエメエと騒がしい羊の群れに満面の笑みのマデレーネが飛び込んでいく。

「……ぷっ」

思わず笑いが漏れた。

「気をつけてくださいよ。あいつらはなかなか狂暴です。俺はヒヅメで胸を叩かれて、しばらく名誉の勲章がとれませんでした」

「そんなに……!?」

さっとマデレーネの表情が曇る。しかし本を手にアランを見上げたマデレーネは、すぐに笑顔に戻った。

「初めてです」

「え？」

「アラン様が笑ってくださったのが」

「！」

口元を手のひらで覆っても、すでにマデレーネには見られている。ついでにユーリアも、目を輝かせて今にも快哉《かいさい》を叫びそうだ。

「アラン様。もうひとつ、わがままを申しあげてもよろしいですか」

唇を引き結び、けれども赤くなった頬は隠せず、ばつの悪い思いをしながら、

「……なんですか？」

そう尋ねてやる以外、今のアランに選択肢はない。

「ここに——ノシュタット家に、ずっと置いていただきたいのです。ここでの暮らしは、わたくしの幸せです」

目を細めて頬を染めるマデレーネは、先ほど夢を語ったときよりも瞳を輝かせ、自身の言葉を裏付けていた。

（あなたは王女なのですよ）

口に出してしまえばマデレーネは否定するだろうから、ぐっと言葉を呑み込む。

マデレーネには、出自も身分も関係がない。

それを知っているからこそ、距離をとろうとしているのに。

まっすぐな視線が眩しくて、アランは黙り込むしかできなかった。


――とはいえ、それで使用人たちが許してくれるわけもなく。

「奥様があんなに言ってくださったんに、なんも言わねえんだから、もう‼」

その夜の書斎では、大反省会が開かれていた。スウェイ、ベルタ、ユーリアの三名は自主参加、アランは強制参加である。

「素直になったらいかがですか、旦那様」

ベルタもユーリアの加勢をして腕組みをしている。助けを求めてスウェイに視線を向けるも、

「マデレーネ奥様の実務能力は把握できたはずです。行動はすべてノシュタット家に配慮したもの。合理的な判断としても、協力体制をとるのは当然だと思いますが？」

「……そういえばお前も彼女たちの側になったんだったな」

思いっきり嫌な顔をしてしまったというのにスウェイはひるまなかった。

三方から突き刺さる視線はそれなりの威力を持っている。

「マデレーネ奥様以上の奥様はいらっしゃいませんよ」

「わかっている」

「だいたい、冷たくなさるならなんで結婚したんですだよう」

　ユーリアの素直すぎる質問にアランはがっくりとうなだれた。

「王家に借りがあったんだ。……その借りを返したまでだ」

　そもそも、金でマデレーネをやりとりするなど、アランは望んでいなかった。王家の借金を帳消しにできるだけの献金を命じてくれればそれでよかったのだ。

『そなたの忠義に報いるためには、こちらも秘玉をさしださねばなるまい』

　鷹揚な言葉とは裏腹に神経質な尖った筆跡で、イエルハルトは強引に縁談をまとめてしまった。自筆の書状をわざわざ送られては、子爵家には断りきれない。

「……だが、王女殿下が俺のものなどと……言えるものか」

　思わずこぼれ落ちた本音は、使用人たちの沈黙をもたらした。

　耐えるようなアランの表情は、これまで見たことのないものだったからだ。常に先陣を切り力強い判断を下してきたアランが揺れていることを、使用人たちは察した。

　沈黙を破ったのはユーリアだった。

「おら、旦那様に感謝しとります。旦那様が拾ってくださって、仕事をくださった。旦那様に笑っていただきてえし、幸せになっていただきてえ」

「――……」

「旦那様のためにできることなら、おらたち、なんでもしてえんですだ。きっと奥様も同じ気持ちですだ」

アランは瞠目する。

飢饉のただなかに偶然拾いあげた、どこまでもお人好しで、その分引っ込み思案で自信の欠片もない少女だったユーリアが、こうして主人に意見するようにまでなったのは、マデレーネの影響だ。

マデレーネの存在は周囲を明るくする。その母エリンディラ王妃がそうであったように。

(——やはり彼女は、この辺境の地に縛りつけてよい存在ではない)

真価に気づけば、王家は彼女を必要とする。

ユーリアの真心がアランに届いたことを、ベルタもスウェイも感じとった。しかしそれ以上に、アランの心が頑なになったことも。

「礼を言おう。だが話は終わりだ。仕事に戻れ」

表情を消したアランは、ふいと顔をそむけて書類を手にとる。こうなってしまってはとりつく島もないと知っている使用人たちは渋々と部屋を出た。

◆◇◆

ノシュタット家から届いた晩餐会の招待状にセルデン伯爵は手を打ってよろこんだが、翌日のささやかな夜会ではそのような趣味の悪い態度はおくびにもださず、ほんのわずかな噂話程度にとどめたし、自分から話題にのせることもしなかった。

セルデン伯爵の代わりに招待状について口火を切ったのはリルケ子爵夫人だ。彼女は南方領の出身ながらすっかりと北部領の慣習に溶け込み、セルデンのよき代弁者であった。

「子爵家の分際で王女を妻に求めるなど、身の程知らずもいいところですわ」

「まあまあ、リルケ夫人」

「わたくしならそんな畏れ多いこと、とてもできはしませんことよ」

「そもそも今の当主は貴族とも言えぬ。社交界にも顔を出さない。だから貴族の常識も知らないのだ」

別の紳士が言葉を引きとった。

内心の笑いを押し殺してセルデンは人の好さそうな苦笑をのせる。なだめようとすればするほど彼らが反論するとわかってのことだった。

周囲の招待客たちも困ったような苦笑を浮かべながら口を挟むこともない。自分から声に出すのは憚られるが、他人の悪口《あっこう》は聞いていたい、そんな空気が場に流れていた。

「わたくしは国のためを思って申しあげているんですのよ。国王陛下がご健在ならば、こんなに嘆かわしいことは起きなかったでしょう」

「本当にそのとおりです。これは我がセルデン家が懇意にしているフォルシウス公爵が教えてくださったのですが」

公爵の肩書に周囲からはため息が漏れた。北部貴族には馴染みのない爵位である。

経済が発展してからというもの、あらゆる場所に金がでしゃばるようになってきて、品位や格式をぶち壊している。子爵家が伯爵家を凌駕するなどあってはならない。セルデン伯爵が公爵家にかしずいているように、リルケ子爵がセルデン伯爵のご機嫌をうかがっているように、ノシュタット子爵も誰かの顔色をうかがうべきだし、そこには序列というものがある。序列を飛び越えていきなり王族に接していいわけがない。

　それが領主たちの総意であった。

　ここだけの話にしてください、とセルデンは声をひそめて口元を手で覆う。

「王女殿下はどうも借金を抱えていたようでしてな……ノシュタット子爵が手をさしのべた形ということですよ」

「まあ、では噂は本当でしたのね。金遣いが荒く、王家でも持て余していたと……」

「王家の恥ですから、懐事情は秘されておりましたが……公爵閣下のお耳には入ったのです。莫大な額であると聞きました」

　リルケ夫人は眉をつりあげた。

　周囲の客たちにも小さな動揺が走る。

「では王女殿下は——いえもうそんな呼び方はやめましょう。あの娘は、金ずくで子爵夫人に成り下がったと？」

「新しいドレスや宝石を買い、子爵家を改築し、王都から料理人を呼びよせたそうですね」

　そばにいた男爵が相槌を打った。

「わたくしたちだってようやく普通の暮らしを取り戻したところですのよ。母君エリンディラ王妃はこの北部領に王都の先進的な制度を伝えてくださり、飢饉の折にもたくさんの援助をしてくだったというのに、その娘は……ひとりだけ贅沢に、遊び暮らしているのですね」

夫人のこめかみがぴくぴくと脈打つ。堪えきれぬ怒りがマグマとなって噴出してしまうかのように顔色は赤く染まった。

口に出すのは憚られるといったふうを装い、出席者たちはめいめいに了解した。

浪費好きな王女が、成り上がりから金を借り、返しきれなくなったから、降嫁した。この輿入れの裏側はそういうことだ。

とすれば、ノシュタット家の目論見は――。

沈黙をたもったまま、セルデンは己の望んだとおりに招待客たちの思考が流れていったことを知った。

顔中を歪めたリルケ夫人が絞り出すように、一同を代表して答えを告げた。

「ノシュタット家は、王家から爵位を買おうというのですね」

おぞましいことだ、とその声色は語っていた。

「やつの関心は己の身だけ。北部領の繁栄など望んでおらぬ」

「嘆かわしい」

「招待を拒絶しましょう。態度で抗議するのです」

「それでは我々の品位を下げる。直接諭すのが紳士淑女のふるまいではありませんか」

そう言ったのはリルケ子爵領の隣に領地を持つゴード男爵だった。セルデンへ目配せをするとニヤリと笑う。周囲の者には気づかれぬよう、伯爵も軽く頷きを返した。

セルデンがなにも言わなくとも、ゴード男爵は常にその意を汲んでくれる。下の者は上の者に諂《へつら》うべきだ、という意向も含めて。

「ゴード男爵の言うとおりですな」

セルデンが重々しく告げると、参加者たちの目に仄暗い愉悦の色が灯った。

ここにいる者たちほどではなくとも、ノシュタット子爵家に肩入れする家は少ない。皆、交易のうえではノシュタット領を頼りながら、王都に伝手を持つセルデン伯爵に睨まれることを恐れてつかず離れずの関係をたもっている。

晩餐会の場で突然糾弾されたとしたら、その場に誰も庇ってくれる者がいなかったとしたら。

(あのすかした若造はどんな顔を見せてくれるか)

漏れそうになる笑いを抑え、セルデンは深刻げに頷いた。

◆

北部領から届いた数々の報せを手に、イエルハルトは歪んだ笑みを隠せなかった。

「ほら、どうだ、この報告は!」

見せつけるためにばらまかれた紙束が宙を舞う。王太子であり国王代理という己の地位を認識させるため、カイルを責めるときには必ず、イエルハルトは執務室の椅子に座った。

カイルは青ざめた表情で床に散らばった報告書を拾いあげた。

「マデレーネは命令どおりノシュタットの金を使っているようだぞ。ドレスや装飾品、家の改築に家庭教師と料理人を雇い入れ、商会を相手に食材の買い付け相談も始めたとか。手袋にクリーム三ダースというのは意味がわからんが……ここでできなかった贅沢を楽しんでいるようじゃないか」

　イエルハルトの言うとおり、書類には各商会に問いあわせたノシュタット家の支出状況が連ねられていた。食料や日用品といったもののほかに突出した金額が複数含まれている。

　最後の書状に目を通し、カイルは息を呑んだ。

　ノシュタット子爵領に近いセルデン伯爵領からの報告である。そこには、先だって行われた北部領主たちの夜会の様子が臨場感たっぷりに書き留められていた。

「マデレーネの浪費はすでに周辺貴族の反感を買っているらしい」

「まさか……ノシュタット子爵家を孤立させ、潰すために、マデレーネを？」

　イエルハルトは、弱らせろ、と言った。カイルもその言葉を信じた。マデレーネは兄の命に従いながらも、子爵家の懐が痛まない程度に金を使っているのだろう。

　しかしこの悪知恵の働く兄は、そんなマデレーネの儚い抵抗など見抜いていたのだ。

　ニィ、とイエルハルトは唇の端をつりあげた。

「いずれ適当な理屈をつけてノシュタット子爵領はとりあげる。領地はセルデンが面倒を見ればよい」

「大義もなく領地を召しあげれば混乱のもとになります！」

「大義ならあるさ。あいつは不遜にも金を盾にして王女を娶り、公爵位を要求したのだから。皆が納得すれば混乱など起きまい」

「最初から、そのつもりで……‼」

青筋が浮かぶほどにカイルはこぶしを握りしめた。

止めようとすればするほど、ノシュタット家やマデレーネを庇おうとすればするほど、この男には気に食わないのだ。

「もうたくさんです！　ぼくはぼくで動かせてもらう！」

荒々しく部屋を出るカイルの背に、イエルハルトの高笑いが響いた。

第三章 ◇ 王宮からの料理人

その手紙を受けとったとき、ヨハン・バルリは激怒した。破り捨ててやろうかとも思った。けれども困窮した財布事情がそれを許さなかった。ヨハン・バルリには妻と三人の子がいたし、今しも妻のお腹の中には四人目の赤ん坊がいて、ほかのことをどれだけ切り詰めたとしても彼女らにひもじい思いだけはさせたくなかった。

なぜなら、彼は、宮廷料理人なのだ。……厨房では除け者にされ、下働きのような扱いを受けているが。

「あなた……どうしたの？」

「いや、なんでもない」

身重の妻シーラが不安げに尋ねるのに笑顔で首を振る。

手紙は第二王子カイル殿下からのもので、先日王女が降嫁したノシュタット子爵家へ行って、そこの料理人たちに宮廷料理を教えてこい、というものだった。

マデレーネの名にヨハンは顔をしかめた。彼の困窮の原因は、彼女の母親からもたらされたものだったからだ。そのうえノシュタット子爵家といえばこの十年で勢力をのばした地方貴族。

早い話が成り上がりだ。成り上がり方もあくどいときている。

十年前に起きた大飢饉とそれに続く流行り病。

この北端の小家はなぜか領地を守りきり、食料不足に喘ぐ他領に小麦を売って一足早く復興を成し遂げた。当然、周囲の領地はさらにノシュタット領を頼ることになる。市は発展し、交易ルートもノシュタット家を中心に整えられた。彼らはそうやって、人の弱みにつけこんで財を成したのだ。

交易によって得た金がある、ということ以外は、歴史もなければ品位もない。そんな家に仕えろなど、左遷以外のなにものでもない。すでに王宮厨房内に彼の調理場はないに等しいが、それよりも立場が低くなるとは予想していなかった。

断ろうと、何度も思った。

ただし子爵家から支払われる給金の額は、不興をくらって下げられた給金の何倍もよかった。新年の祝いすらままならなかったヨハンに道などあるはずもなく、

「よろこんでくれ、シーラ。第二王子殿下と王女殿下から直々にお声がかかったんだ。しばらく留守にするけど、もうなにも心配はいらないからね」

こけつつある頬に笑顔をはりつけて、ヨハンはシーラに言った。

◆

王家からの特命状を持ち、馬を乗り継ぎ一週間後の夕暮れには、ヨハンはサン＝シュトランド城へと足を踏み入れていた。

成り上がりというからにはごうつくな城を想像していたが、意外にも古風な山城はずっしりと

門を構え、中からは工事の音が聞こえていた。

　出迎えにきたのは料理長のリュフという男だ。歳はヨハンよりも十は上。

「遠くからご足労いただきありがとうございます。こちらへどうぞ。王都や宮廷の料理を教えていただけるとのこと、楽しみで。昨日は眠れませんでしたよ」

　にこにことわざとらしい笑みを浮かべている男の内心はわかっていた。ヨハンのような若い人間が突然やってきて素直に迎え入れるわけがない。

（田舎城の料理長……か。内心では中央の人間を妬んでいるのだろう）

　短くない道のりのあいだも、魅力的な給金と宮廷料理人としてのプライドの狭間でヨハンの心は揺れつづけ、その葛藤は鬱屈とした感情となっていた。

（まずは宮廷料理のフルコースを作って、鼻っぱしらをへし折ってやる）

　そんな好戦的な気分を隠しつつ、リュフのあとに続き正門から内庭を歩いて玄関へと進む。

「あ、旦那様」

　リュフが明るい声をあげた。若い男が歩いてくる。これが噂の〝成り上がり子爵〟かとヨハンは内心で値踏みした。襟巻で隠された口元はわからず、鋭い視線はヨハンを歓迎しているとは言い難い。

「奥様がお呼びになった王宮のシェフですよ」

「ヨハン・バルリと申します」

「そうか。よろしく頼む」

子爵の態度はやはりそっけない。というよりはなにかを警戒しているようだ。あたりを見まわすと、ぎくりとした顔をしてまわれ右をする。

「お前……！　わざとこの道を通らせたな!?」

「また夜までの巡回なのですから奥様にひと言ご挨拶をなさいませというだけです」

「お前が言っておけ、早く馬を用意しろ！」

小声で従者と言い争いながら、子爵は立ち去ってしまう。

（いったいなんなんだ？）

子爵の視線を追うと、庭の隅に農園の区画があり、新しく掘り返したばかりの土が入れてあった。少女がふたり、世間話をしながら肥料を撒いている。

「わかるわ～。ニンジンの皮っておいしいわよね。ブロッコリーの茎も、コリコリして好きよ」

「なんでわかるんだすか奥様……？」

目を細めて苦笑いをする少女。その向かいには、金髪を結い、作業用のドレスを着た少女。

一見すると身なりのよい召使いにも見えてしまうその少女が誰であるかに気づいたとき、ヨハンは目を丸くした。

「マデレーネ姫様……!?」

「まあ、ヨハンじゃない」

手についた土を腰にさげた布で拭い、立ちあがったマデレーネが近よってくる。

「早かったわね。来てくれてありがとう。シーラはどうしているかしら」

　ほほえみを浮かべ、王女然とした落ち着きと優雅さをまとわせながら告げるマデレーネに、幼いころの面影が重なる。幸せだったあのころ。

　変わらない――そう思った途端、ヨハンの頭にカッと血がのぼる。

　自分はこれほどに落ちぶれ、辛酸を嘗めてきたというのに、その元凶となったお姫様は深窓でのうのうと暮らしてきたに違いない。腹の底からふつふつと苛立ちがこみあげてくる。

　ふるえる唇をつりあげ、ヨハンは青ざめた顔に笑みを浮かべた。

「お久しぶりですね、姫様。あなたとあなたの母上のせいで、私は家族を養うのにも苦労しているのですよ。姫様は平民みたいな格好をして、お幸せそうでなによりです」

「ヨハン……‼」

　マデレーネの頬に朱が走る。

　言葉をさがしながら口ごもってしまうマデレーネに罪悪感を覚えつつも、溜飲が下がる。

「なんだあんた、奥様にずいぶんな口の利き様じゃねえか」

　ぐん、と身体が前につんのめるように持ちあがった。

　顎の先にリュフのこぶしがある。今にも殴りかかってきそうなリュフの目つきは鋭く、先ほどまでのへりくだった姿勢も消える。

（やはり本性は粗雑な下民だ）

　しかしリュフにこれ以上の手出しはできない。なぜならリュフは子爵家の料理長だがヨハンは宮廷料理人。料理人としても身分としても、ヨハンはずっと格上なのである。

胸ぐらをつかみあげる腕を払い、お返しだと相手の首根っこをつかんで引き倒した。

「ぐえっ」

無様なうめき声をあげるリュフをせせら笑うと、リュフも嘲笑う顔つきでヨハンを見上げた。

「あんた、金が欲しいのか。なら倍の給金を払うようにうちの執事に言ってやろうか？」

「やはり成り上がりの主人を持つ使用人だな。そんな発想しかできないのか」

「なんだすかっ、この失礼な方は……!?」

うしろに控えていた侍女も怒りの形相で野菜の苗をふりあげる。

「やめてちょうだい。ヨハン、リュフ！　ユーリアもよ！」

収まりそうにない争いに、マデレーネが声を張りあげた。

ヨハンは眉をあげた。腰に手を当て精いっぱい小さな肩をいからせる姿は、十年前には見なかったもの。

「まずはふたりとも姿勢を正してちょうだい」

マデレーネの言葉にリュフが立ちあがり、土を払う。

ヨハンも逆らうわけにはいかない。渋々といった表情で直立する。

（クビにされるか。まぁいい。やはりこんなところでは働けない）

なげやりな気持ちでそう考えたヨハンの耳に届いたのは、マデレーネの凛とした声。

「ヨハン。まずわたくしに謝ってちょうだい」

「ッ――無礼を……申しました。お許しください」

思いがけず、口は素直に謝罪を紡いだ。

まっすぐに自分を見つめる眼差しは強さを持っていて、正直に言えば気圧された。

ヨハンの知るマデレーネは、このように毅然とした態度をとる相手ではなかった。むしろなにをされても笑って許し、侍女たちにまで侮られて――。

「リュフ、ヨハンに謝って」

呼び覚ましかけた過去の記憶はマデレーネの声によって遮られた。

まだ納得のいっていない顔をしたリュフが、それでも「悪かった」と頭をかく。

「わたくしは女主人として、雇い主として、料理人に相応しい態度をあなた方に求めます」

腰に手を当てたまま、マデレーネは宣言する。

「あなた方……？」

「ヨハンと、リュフもです」

「おれもですか」

「互いへの先入観を捨て、料理人としての目で相手を見なさい」

「料理人としての……」

「いいですね、ふたりとも」

断固としたマデレーネの言葉に、ヨハンとリュフは互いに胡乱な視線を向けたあと、「はい」と頷いた。

贅沢な食卓とは大胆に捨てることだ。宮廷にいたころ、上司は言った。

色や形の悪いもの、新鮮でないもの、味の弱くなったものは捨てる。最高級のもののうちの最高の部分だけを使い、それすらも完食されることはない。なぜなら相手はすべての頂点を極めた王家の方々。

報酬は名誉と桁外れの給金だ、上司はそう言った。

反論は許されなかった。

「なんなんだ、この食材は‼」

城の台所にヨハンの怒号が響く。

うんざりとしたように腕組みをして首を振るリュフの背後で、下働きの子どもたちは作業台に隠れて様子をうかがっている。

「芋、芋、芋……芋ばかり！　肉はニワトリとウサギだけ。魚はないのか？　ハーブは？」

「子爵領は国の北部で周縁の半分を山に囲まれてる。魚をとる海もねぇし……しばらくすればマスや川魚は獲れるが、いまあるのは干物ばかりだな」

「これでどうやって宮廷料理を作れというのだ！」

「あるもので作ってみればいいだろ」

「バカにしているのか⁉　田舎料理とは違うんだ。最高級のもののうちの最高の部分だけを使うのが宮廷料理だ！　こんなもので……」

「ワガママな料理人だなあ」

はあ～とこれ見よがしなため息をついたあと、ふと気づいた顔になったリュフは背後を振り返った。

「おい、こいつはヨハンってんだ。口は悪いしうるせえけど、お前らをぶん殴ったりはしねえから安心してろ」

「……‼」

本当かと問うように首をのばす子どもたちに、ヨハンの頬に血がのぼる。

先ほどから彼らに遠巻きにされていたのは、宮廷からきた高貴な料理人がものめずらしくてではなく、乱暴な男に怯えていたせいだと気づいたからだ。

「さすがになにも作れないわけじゃないんだろ？　なんでもいいから見せてくれよ。おれは本で読んだくらいしか宮廷料理を知らないんだ」

下手《したて》に出た口調だが挑発的な視線で、リュフはヨハンを促した。

そう言われてはこれ以上文句を口にするわけにもいかず、ヨハンは舌打ちしつつ食材の並べられた一角に向きあう。

（スープにもグリルにもふんだんなハーブが必要なのに、この城にはほとんどない）

フルコースには程遠い。宮廷料理を教えるといったって、まずは食材の発注から始めなければならない。そのために商会と伝手を持つヨハンが呼ばれたのか、と納得がいく。

（とにかく、今ある素材で豪華さを出せるものは……）

不意に視線を感じて顔をあげると、作業台の向こうから姿を現した下働きの子どもたちがヨハンの手元を見つめていた。少年がふたりに少女がひとり。

「カミュ」

「エミール」

「ヘレン」

「ああそうかい……」

それぞれ自分を指さし、名乗りをあげる。ヨハンが怒らないと見てとると、ふたたびその両脇にはりついた。どの食材を選びなにを作るのか、興味はあるらしい。

既視感をおぼえてヨハンは眉根を寄せた。まだヴァルデローズが財政難に喘いでいなかったころ、幼いマデレーネもまた、王宮内を動きまわり、厨房にも侵入することがあった。そんなときはひそかに彼女の好物を作ってやったものだ。

料理人の手さばきを無邪気によろこぶマデレーネが脳裏をよぎる。

（……あれなら作れるか）

小麦粉にバター、卵。さすがに最低限のものは揃っているようだ。

「おい、卵を割るぐらいはできるのか？」

声をかけると子どもたちはびくりと肩をはねさせ、やがておずおずと首を縦に動かした。

「なら手伝え」

言えば、三人の瞳がぱっと輝く。

駆けよる子どもたちを相手に、

（おれもまだ甘いもんだ）

とヨハンは渋面を作った。

室温に戻したバターと砂糖を白っぽくなるまでよく混ぜたら卵黄を加え、さらに小麦粉を加えてさっくり混ぜる。

まとめた生地を休ませているあいだに、クリーム作りとフルーツのカットだ。カミュはカスタードを、エミールはホイップを、ヘレンにはフルーツの下ごしらえを手伝わせつつ、三人それぞれを監督する。

生地を五等分して小皿形に成型し、オーブンに入れる。「焦げないように見ててくれ」と言えば子どもたちは大真面目に三つの額を突きあわせてガラス窓を覗き込んだ。その姿に苦笑いを浮かべつつ、フルーツをカットしていく。

焼きあがった生地を冷ましたらクリームとフルーツを盛りつける。

カスタードの黄色にクリームの白、オレンジ、いちごやベリー類の赤と紺、ミントの緑。それらをバランスよく散らし、さらにもうひとつ。

砂糖と水を鍋に入れ、火にかけて、焦がさないように煮詰める。濡れた布に鍋をおろし、粗熱をとったら、フォークを入れて――、

「わあ……‼」

子どもたちの口から、思わずといった歓声が漏れる。

ヨハンがふわりと腕を振りあげると、フォークの先についた水飴が柔らかく踊った。それは細くのびて軌跡をえがき、空中で曲線をたもったまま固まる。

鳥の巣のように丸く重なった砂糖の糸を整え、ヨハンはもう一度水と砂糖を火にかけた。今度は飴色に変化するまで熱を加え、糸を作りだす。先ほどのものが銀なら、これは金だ。

「きれい‼」

「きらきら‼」

「食ってみるか」

形を整えたあとの切れ端をさしだすと子どもたちは一も二もなく飛びついた。

「あま〜い‼」

口の中で溶けて消えてゆく飴糸はまるで、魔法使いの杖から生みだされた甘い金糸銀糸。三人の表情が幸せに蕩ける。

五つのタルトに金銀細工をのせて、これで本当に完成だ。

宝石かと見まごうばかりのタルトは、新鮮な材料の手に入る身分の者しか食べられない。

「おお、たいしたもんだ」

感嘆の念を隠しきれないリュフにヨハンは勝ち誇った笑みを浮かべ、

「午後の茶会で出す簡単なタルトだ」

これが最低限のラインだと釘を刺すように言い放つ。

さてどんな反応が返るのか。実力の差を感じ、歯噛みして悔しがるか、落ち込むか、無様に喚

き散らすか——意地悪く口角をあげたヨハンに、真剣な表情のリュフが向きあう。

すぐにその表情はゆるみ——。

「いやあ、いいもん見せてもらった！」

「はあ？」

現れたのは、にっかりと大輪のひまわりのように咲く大仰な笑顔。

「糸飴は知っていたが二色を組みあわせるという発想はなかったな。ここにある材料でという要求にも応えているし、それでいて貴賓客に出しても恥ずかしくない出来栄え。素材にあわせて包丁を変えるだけでなく握りこみの強さや体重のかけ方も変えているのか。繊維がつぶれることなく均一に切りそろえられた素材は舌触りもよくなる……ふむふむ」

「‼」

「なにより火加減が絶妙だ。クリームといい糸飴といい、思いどおりに作るには修業が必要だったのだろうな」

タルトを覗き込みうんうんと頷きながら呟いているリュフに、ヨハンは息を呑んだ。

リュフがヨハンの調理をそれほど細かく観察していたとは気づいていなかったのだ。

「たしかにあんたは腕がいい、ヨハン。色々と学びがいがありそうだ」

「お前……おれを認めるのか？」

「そりゃそうだろ」

ヨハンの驚きに気づいたリュフはばつが悪そうに頬をかく。

「奥様にも言われたしな。料理人としての目で見ろって。奥様はなあ、相手の態度には惑わされない。きちんと働きぶりを見なさるのさ」

「言われたからって、それだけで……」

「それだけだが、当然のことだろう？」

あっさりと告げるリュフに、ヨハンは金縛りにあったように立ち尽くした。

ヨハンのいた王宮の厨房では、料理の腕がどれほどよくともそれだけで認められるということはなかった。王族や有力貴族の庇護、もしくは上司に気に入られることが必要だった。

今になって気づいた。

リュフは、ヨハンの態度に反発し、貶めるようなことを口にしたが、宮廷料理をけなすことはなかった。ヨハンが食材にケチをつけていたときでさえ。

「ま、あんたもおれのデザートを見てくれよ」

こぶしを握るヨハンの様子には気づかずリュフはオーブンへと向かった。タルトの生地を焼いたあとのオーブンにあるものを仕込んでいたのだ。

取り出されたそれにヨハンが目を見張る。

「〝甘芋焼き《スイート・ポテト》〟ってんだ」

天板に並べられたのはこんがりと焦げ目のついた五つの芋菓子。甘芋と呼ばれる芋を蒸してクリームなどと混ぜ、固めて焼いたものである。

ただしヨハンが知っているものとは違って、捨ててしまうはずの皮の部分を再利用して甘い菓子部分を包んでいる。厚みを残した皮には花型の模様が刻まれ、濃い色合いと相まって目を楽しませた。

「さて、おれらも食おうぜ」

リュフが呼びかけたのは下働きの子どもたちだった。三人の顔がぱあっと輝く。

「こいつらのためにわざわざ五つも作ってくれたんだろ？」

手際よく皿にとりわけ並べてゆくリュフ。呆然としている間に厨房のテーブルにはクロスが敷かれ、カトラリーまで揃ってしまった。

「食べてみてくれ」

リュフがうやうやしく手をさしのべる。言われるがままに芋菓子を手にとった。

口に運べば、絶妙な焼き加減のおかげで皮はパリパリと香ばしく、ほのかな苦味が内側のほくほくとした触感や甘さをひきたてている。

「これ……」

隣ではタルトを食べた子どもたちがきゃあきゃあと声をあげている。

「ああ。飢饉のちょっと前に伝わったんだ。うまいだろ？」

リュフはにんまりと笑った。こんな粗末なものを出して、と言われることなど考えてもいないようだった。

もしもこの料理でなければ、芋だけでできた菓子など、ヨハンは認めなかったかもしれない。

しかしこれだけは特別なのだ。

（これは――おれの料理だ）

マデレーネの母エリンディラ王妃に依頼されてヨハンが考案した、平民のためのレシピ。

頭の中に声が響く。

懐かしく、美しい声だった。駆け出しのコックだったヨハンにエリンディラはある願いを託した。

――ねえヨハン。新しい料理を作ってほしいの。

――これまで王宮では使ってこなかった食材を使い、調理法も簡単にしてね、誰もが作れて好きになってくれる、夢のような料理を……。

――ヨハンならできるわ。だってあなたは、食べる人の幸せを考える料理人だもの。

自身をまっすぐに見つめてくれた眼差しの前にふたたびさらされたような気分になってヨハンは身をすくめた。

浮かぶのはエリンディラのやさしいほほえみ。そしてマデレーネの笑顔。

ぽたりとクロスに落ちた水滴が染みをつくる。

それが涙だと理解したのは、隣に座ったエミールが手拭いをさしだしてくれたときだった。

◆

夕刻、城へ戻ったマデレーネを迎えたのは、複雑な表情をしたヨハンとリュフだった。

マデレーネのうしろにはユーリアが控え、抱えたバスケットにはニンジンにじゃがいもにカブなど、泥のついた野菜が詰め込まれている。

「あっ、あの……ユーリアの村へお邪魔してきたの」

　また怒られるだろうかとドキドキしながら告げれば、ヨハンからは「そうですか」と気の抜けたような返事があるだけ。

　城へやってきたときのような目に見える反発はないが、状況をどう受け止めてよいのか決めかねているという顔だった。リュフもなにを報告したものかと悩んでいるらしい。

（なにがあったのかしら……リュフならヨハンとうまく付き合えると思ったのだけれど）

　マデレーネの隣でユーリアも首をかしげている。

と、マデレーネの袖を引く存在があった。厨房で働く子どもたちだ。

「おくさま！」

「おくさま、ぼくたち、タルトをたべたの」

「おいしかったの！」

「タルトを？」

目を丸くするマデレーネに、リュフが「あっ！」と声をあげる。

「お前ら！　おれのポテトも報告しろよ！　……じゃなくて、奥様より先にいいもん食ったのないしょにしとかなきゃだめだろ！」

　そうは言いつつもリュフも本気でマデレーネの気を害するとは思っていないのはわかる。リュフに叱られた子どもたちも怖がるふりをして笑っている。

ふたりはきちんと料理人の務めを果たしたらしい。

「この子たちにタルトを作ってくれたのね。ありがとう」

「……いえ」

「リュフはとっても楽しみにしていたのよ。一週間前からずっと、王都の料理やあなたのことを聞きたがって」

マデレーネの言葉にリュフは唇を尖らせてそっぽを向いた。

（そうだったのか）

出迎えの態度はリュフの本心だったのだ。穿った見方をしたのはヨハンが人を信じられなくなっていたから。

「わたくしも食べたいわ。旦那様にもぜひ食べていただきましょう」

マデレーネは楽しみで仕方がないというように笑っている。

「タルトはあなたの得意なお菓子だものね」

その言葉に、口ごもっていたヨハンは弾かれたように顔をあげた。

「おぼえていてくださったのですか……？」

「忘れるわけないじゃない」

どうしてそんなふうに思ったのかと、マデレーネは不思議そうに首をかしげる。

「いつもわたくしのために作ってくれたでしょう」

「あれは……！」

ヨハンの喉から叫びのような声が走る。

マデレーネのためではなかった。当時王妃に目をかけられていたヨハンが、マデレーネにも顔を売ろうとしただけのこと。

エリンディラが亡くなったあと、上司も兄弟子たちも、ヨハンに見向きもしなくなった。あれほど褒めてくれた誰もが、お前は駄目だ筋がないとしか言わなくなったのだ。おまけにヨハンが平民食のレシピを考案していたことを知ると、宮廷料理人の品位を下げる行為だと口々に非難した。

十年前、ヨハンはすべてを失った——誤った王族の重用を受けたせいで、地位も、名誉も、未来も、すべてを。

失ったと、思っていた。

呆然と立ちすくむヨハンに困ったように笑いかけ、マデレーネはユーリアの持つ野菜を示した。

「リュフ、今日は金曜日ではないけれど、ミルクポトフを作ってくれない？」

「奥様は本当にミルクポトフがお好きですね」

「ヨハンにも食べてほしいの」

「ミルクポトフ……」

それもまた、おぼえのある料理名。ヨハンがエリンディラ王妃とともに生み出したレシピのうちのひとつだ。比較的保存のきく干し肉と根菜類に、ミルク、季節の葉物などを加えて煮込む。

いつでも食べられて、調理が簡単なものと言われて。

ヨハンのレシピは消え去ってはいなかった。

時間とともに少しずつ形を変えながら、ノシュタット領に息づいている。

だからマデレーネはヨハンを呼んだのだ。

「ヨハン」

「姫様」

あのころの呼び名が口をついて出た。

「あなたを守れなかったわたくしを、許してほしいの」

「それは違います」

本当はヨハンもわかっていた。王妃が亡くなったとき、娘のマデレーネは七つの子どもだった。味方のいない王宮で生きていくために、ヨハン以上の苦労をした。ヨハンは知っていて、目をそむけてきた。

本当はわかっている。

マデレーネが今幸せそうに笑っているからといって、これまでも安穏と生きてきたはずがない。マデレーネの笑顔は環境ではなく、彼女の強さから生まれてくるもの。

「あらためて——料理人としてのあなたに尋ねたいの。この城で働いてくれる？」

「おれで、よいのですか？」

思わず口から漏れたのは心底からの疑問だった。

「あなたでないとできない仕事です」

ヨハンの瞳に、喪われた王妃の面影が映る。

「だってあなたは、独りぼっちだったわたくしにミルクポトフを作ってくれたじゃない。そして今日は、この子たちにタルトを。あなたはいつも、テーブルについた人をよろこばせようとしているのよ」

ヨハンの胸に、王都での出来事がよみがえった。

苦しい暮らしであっても妻と子には食事の楽しさを忘れてほしくなかった。ヨハンを落ちぶれさせたのはマデレーネの母エリンディラ王妃との関わりだが、彼女の言葉は忘れられなかった。

食べる者の幸せ。

母娘の眼差しは似て、まっすぐ、けれどもやわらかく、ヨハンを包む。

自分を。ヨハン・バルリを、認めてくれたのだ。

膝をつき、頭《こうべ》をたれて、ヨハンはマデレーネの前に身を屈めた。

「宮廷料理人ヨハン・バルリ、本日よりノシュタット家のため、全身全霊で働かせていただきます」

「ありがとう」

マデレーネが笑顔になる。

「では仕事について説明するわね」

「？　宮廷料理を教えるのではないのですか？」

「その先があるのです」

ふと、ヨハンの記憶に幼いマデレーネの姿がよみがえった。外見のかわいらしさにごまかされがちだが、彼女には母妃ゆずりのお転婆な一面もあった。王女でありながら厨房に入ってきてしまう行動など、まさにそれを表している。

そして信頼を置いた相手には、ときどき、無茶ぶりをする。

「ヨハンも知ってのとおり、わたくしはノシュタット家に嫁いでまいりました。五か月後に披露目の晩餐会を設けねばなりません」

「五か月後に？　メニューはもう決まっているのですか？」

思わず出てしまったヨハンのもっともな質問に、マデレーネはへにゃりと眉を下げ年相応の表情になった。ヨハンの隣で、リュフも目を泳がせている。

ヨハンの頭に宮廷での宴席の記憶がよみがえった。何人ものコックと下働きが必要だ。それが地方で行われる場合にはさらに困難を増すだろうことも予想できた。おまけに晩餐会の主催は〝成り上がり子爵〟だ。どうしても出席者たちの目は厳しくなる。

「来客にあわせた心配りを料理にも取り入れる必要があります。その食材の手配だって場合によっては数か月かかります。すぐに動かなければ――」

「さようです」

述べられる手順にマデレーネは頷き、ヨハンを見た。

「ですから、ヨハンにはその祝いのメニューを、リュフと考えてほしいのよ。旦那様と皆様がうちとけられるような、ノシュタット領が理解してもらえるような、そんなメニューを。それがあなたの仕事です」

のどかな春風のような笑顔に、多大なる信頼をのせながら。

◆◇◆

マデレーネの髪をくしけずりながら、ユーリアは夕食のデザートを思い出してはうっとりと目を細めていた。

「ヨハンさんのタルト、すんばらしかったですだ……」

「ふふ、わたくしも久しぶりで嬉しかったわ」

「王宮にはすげえもんがあるんですねえ」

ユーリアの知っているタルトといえば生地にクリームをのせただけだし、それだって数年に一度クラスの高級品だ。

初対面で印象最悪だったヨハンはすぐにユーリアともうちとけた。

「姫様……いや、マデレーネ奥様が幸せそうで、よかったなあ」

と気の抜けたような笑顔で言っていたから、根は悪い人ではなかったのだ。

生活が荒めば人間は変わってしまう。味方のいない状況ではとくにそうだ。飢饉のときには村同士の諍いが絶えなかったから、そのことをユーリアはよく知っている。

（奥様も……この城へ来なさったばっかりんときゃあ、よう遠くを眺めてらしたが……）

輿入れ初日にベルタ以下使用人たちを怯えさせた〝闇〟を、見なくなって久しい。それが自分たちの働きの成果なら、なんと誇らしいことだろう。

「どうしたの？」

「えっ、ああっ、申し訳ねえですだ。髪は終わりです」

手を止めたままなぜか胸を張っているユーリアにマデレーネが首をかしげる。慌ててブラシを置き、ユーリアは就寝前のミルクの準備にかかる。ユーリアの奇行を、マデレーネはくすくすと笑っている。

（本当に、あったかくって、くすぐってえ）

温めたミルクをカップに注ぎ、蜂蜜を落とすと、ふわんと甘い香りがただよった。

「ありがとう。きっと今ごろは、アラン様もタルトを召しあがっているころね」

マデレーネの言葉にユーリアは眉を下げた。

今日もアランは領地の巡回だと城を留守にしていた。長期の外出は減ったが、マデレーネを避けているのは変わらない。

「奥様はやさしすぎますだ……」

アランに対してはことさら甘い、とユーリアは思う。

「そうね。少し寂しいかもしれないわ。でもアラン様にもお考えがあるの」

マデレーネを傷つけたくてやっているわけではないことは、よくわかっている。今の状況がアランなりにマデレーネを守ろうとした結果なのだろう。

（だって、アランは――）

脳裏になにかが閃きかけて、マデレーネは首をかしげた。

（アラン様は……なにかしら？）

一瞬よぎった思考を捕らえようとするものの、逃げ去ってしまったなにかはもう手の届くところへ戻ってきてはくれない。

ひとつはっきりとわかるのは、自分はアランを心から信じているということ。

実際に会ってみて、人となりがわかったからかもしれない。使用人たちの語る彼への敬意に心打たれたからかもしれない。

しかしそれだけでなく、マデレーネはアランの本心を知っているような気がした。

◆

食事の最後に出されたタルトに、アランはしばらく感嘆の視線を向けた。貴婦人の装飾品じみて派手な色彩をまとったそれは、明らかにリュフの手になるものではない。

朝方、出立間際にマデレーネが王都から呼びよせた料理人とすれ違ったのを思い出したのは、そのときだった。

「旦那様は甘いものはお好きかしらと、奥様が」

「それで、なんと答えたんだ」

「大好きですと申しあげました」

スウェイの言葉にアランの唇がへの字に曲がる。

間違ってはいないが、わざわざ後押しするようなことを言わなくてもいいものだ。

「新しくきた料理人とリュフとで、晩餐会のメニューを決めると」

「そうか」

「旦那様の夜会服も新調せねばなりませんね」

「ああ、手袋は買わなくていいぞ」

「心得ております」

言わでものことを言ってしまったと気づいたのは、タルトを一口食べてからのこと。

「……うまいな」

ごまかすように呟き、艶やかな苺にフォークを刺す。砂糖の力強い甘さとフルーツの果汁あふれる甘ずっぱさ、クリームのやわらかな甘さが混じりあい、ハーモニーを奏でるようだ。

（あのとき食べられなかったタルトか）

椅子の背にもたれかかり、アランは小さく息をついた。

マデレーネから料理人を雇いたいと言われたとき、その人物は予想がついた。

見計らったようにノックの音が響く。

「失礼いたします。ヨハン・バルリと申します――」

部屋を訪れたのは、期限付きの使用人となったヨハンだ。アランが帰城し挨拶のできる機会を待っていたのである。

胸に手を当てヨハンは深々と腰を折る。

「あらためまして、サン＝シュトランド城で雇っていただくことになりました」

「よろしく頼む」

顔をあげ、アランと目をあわせた途端、ヨハンははっと息を呑んだ。

「そうか――あなたが、姫様を……」

すれ違ったときにはわからなかったが、こうして正面から見れば面影はある。

（ようやくわかった……なぜ北部の〝成り上がり子爵〟がマデレーネ様を娶ったのか）

「やはり、忘れていてはくれなかったか」

苦々しげに己を見つめるアランのもとへ歩みより、膝をつくと、ヨハンはその手をとった。

「どうか、姫様をお守りください。姫様は、王宮で――」

握られた手にぐっと力がこもる。ヨハンの胸に、忘れようと蓋をしていた記憶と、刻み込まれた罪悪感がよみがえった。

「兄イエルハルト様にうとまれ、地獄のような暮らしをしておいででした……！」

◆◇◆

どこからボタンが掛け違ってしまったのかはわからない。誰にもわからないのだろうとヨハンは思う。

一介の伯爵令嬢であったエリンディラ・ローネインが妃に迎えられたのは、十八年前のこと。

彼女は遊学で身につけた知識から、諸外国の制度を国王や宰相の前でたびたび披露し、優秀さを認められていた。

王妃となってからも人となりは変わらず、年の半分は国内の各領地をめぐり、自ら制度改革の陣頭に立った。彼女がとくに心を砕いたのは北部領の発展だ。

寒気の厳しい北部領では栽培できる作物は限られ、実りも多くはない。

「国がゆたかになるには、まず領民たちが食事の心配をしなくてすむように」

王宮にあがったばかりのヨハンが新しいレシピの開発を依頼されたのは、そういった願いのうえだった。

けれど、願いが現実のものとなる前に、懸念のほうが現実となってしまった。

寒波の年、不作が国を襲った。〝氷錆病《アイスラスト》〟と呼ばれる病にかかった穀物は、毒を含んだ実をつける。各地で飢饉が起き、ついで弱った人々が病み始め、病が魔の手をのばし始めた。

混乱は王都にも届き、昼も夜も喪の鐘は鳴り続け——ある朝、ひときわ大きく長く鳴った。

民を救おうとしたエリンディラ王妃は民と同じ病に倒れ、それまでの奮闘ぶりからはあっけないほど静かに、この世を去ってしまった。


すべてがくずおれるように変わっていった。

「まあ、姫様！　そんな格好でどこへ行かれますの？」

甲高い声が響き渡る。びくりと身をすくめたマデレーネは、けれどもほほえんで顔をあげた。

「お腹がすいたから、キッチンへ……」

「いけませんわ。キッチンは王族の方がいらっしゃる場所ではありませんもの。部屋へお戻りください、王女殿下」

つりあがった目で、歪な笑いで侍女頭はつきあたりの部屋を指さす。エリンディラ王妃の使っていた部屋だ。

顔を俯け、ドレスの裾を引きずりながら、マデレーネは部屋へ戻る。自分が持っていたドレスに母の遺したドレスをあわせ、なんとか形式をたもっているだけの姿だった。

食堂でマデレーネの前に置かれる食事は、イエルハルトの気分によって決まった。満腹になるまで食べられるのは週に何度かあるだけ。カイルが諌めるたび、翌日の食事はさらに少なくなる。必死にドレスの胸元をかきあわせながら、スプーンに三杯だけの冷めたスープを口にする日もあった。

やがてその扱いは王宮中に広まった。

飢饉と流行り病の爪痕は深く、王家に仕えている者たちですら明日はどうなるかわからない身だ。そのうえ愛妃に先立たれた国王が憔悴の一途をたどってからというもの、貴族たちは統率を欠き、財政はいよいよ悪化する。王宮の者たちは、その責めをエリンディラとその娘に負わせようとした。

「今の暮らしは、北部の辺境や平民にかかりきりで、私たちをないがしろにした王妃様のせい」

「王女殿下もなにをされても笑ってばかり。心の中では私たちをバカにしているのね」

侍女たちがそんなふうに言いあうのを、ヨハンは苦い思いで聞いた。エリンディラへの批判はヨハンの立場も危ぶませるものだからだ。

「ああ、そういえばここにもいたなあ、王妃様におだてられて舞いあがっちまった若造が」

「実力もないくせにいい気になってな」

栄達だ果ては宮廷料理長だともてはやしていた同僚たちは、ヨハンを蔑むようになった。

だが、若いヨハンには、マデレーネを見捨てることができなかった。もしかしたらそれも、王妃の肝入りで作ったレシピを失いたくないという自分勝手な動機だったのかもしれない。

「ヨハン、ありがとう。とってもおいしいわ」

それでも、残りものをミルクで煮込んだだけの料理で、マデレーネがあんまり嬉しそうな顔をするから。侍女たちの目を盗み、ヨハンはマデレーネに食事を運んだ。

「いつかわたくしのシェフになってくれる？」

「ええ、いいですよ」

「ありがとう」

痛々しい笑顔がヨハンの心を締めつけた。

（このような境遇が続くわけがない）

ヨハンはそう自分に言い聞かせた。いずれマデレーネは自分を救ってくれるだろう。そうすれば、また。

「お母様のように、いろんな場所を旅して、いろんな人に会いたいの。それでおいしいものをたくさん食べてね……」

部屋を見まわし、現在の不幸が嘘のようにマデレーネは笑顔を咲かせる。ベイロン領の翡翠《ひすい》細工に、ダルグレン侯爵から贈られたというルビーの首飾り、螺鈿《らでん》を施した手鏡。部屋は輝きに満ちているけれども、腹を膨らませてはくれない。それでも健気にマデレーネは未来の希望を語るのだ。

彼女の望みが現実になるまで、この哀れな子どもを守ってやろうと、ヨハンは思っていた。

――下卑た笑みを浮かべた料理長から、そう告げられるまでは。

「ヨハン、お前は下働きに降格だ」

「今日からのお前はもうシェフではない。食堂をはじめとして、王家の皆様がお通りになる場所への出入りを禁じる。もちろん王女殿下のお部屋にも」

「！」

「お前の抜けた穴はこのディルが埋める」

「残念だったなあ、間違った相手に媚びを売っちまったせいで、経歴にケチがついた」

同僚だったディルはヨハンの肩を叩き、大げさな笑い声をあげた。

「王太子殿下はな、あの姫様を嫌っていらっしゃるんだ。勝手なことをする不届き者は罰せよとの仰せだ」

「お前が……お前が言ったのか!?　自分の昇進のために!?」

見た目ばかり豪華な部屋に閉じ込められ、腹をすかせて、身にあわないドレスを笑いものにされながら笑顔を返している少女が、さらに苦しんででも、己の食いぶちを確保しようと。

「良心はないのか‼」

「良心なんて、明日のパンの前には無力だよ。お前だって今にわかる」

激昂するヨハンをせせら笑い、ディルは鼻を鳴らした。


残念ながら、その言葉が真実であったことを、ヨハンはすぐに理解することとなった。

下働きに落ちた彼の稼ぎは、休みなく働いて家族をようやく食べさせてやるほどにしかならず、苦境の中で精神は摩耗していく。

いつしか彼は、自らの記憶に蓋をした。エリンディラの春風のような眼差しも、守ろうと誓ったはずのマデレーネの笑顔も、価値のないものになってしまった。

王宮の居室に飾られていた数々の宝石が少女の腹を満たしてはくれなかったように、思い出は財布の隙間を埋めてはくれない。

（姫様は笑っていた。おれよりもまだ笑えるだけの余裕があったということさ）

ほかの人々と同じように、不運を嘆き、境遇の責を他人に押しつけて生きてゆくしかなかった。

第四章 ◇ ここが居場所です

サン゠シュトランド城は活気に満ちていた。

婚礼の祝宴となれば忙しいのは当然だが、それだけではない。

「ええと、ホタテやアサリは水槽に入れておけばしばらくもつだろ。そのための設備費用と運搬費……まぁこんなもんか。おい、ちょっと待て。果実の販路にボルド領が入ってる商会はだめだ。あそこで買い尽くされたら商人たちはここまで来ねえ」

地図を広げてうんうんと唸るヨハンの目の下にはくっきりとクマができている。

宮廷料理を学ぶにあたり、そもそも食材が足りない、とはリュフも認めるところである。王都出身であるヨハンの伝手を使い食材の買い付けを進めつつ、出入りの商会の協力のもと販路を確立してゆく。そのおかげで、徐々に食材は増えていた。

おまけに領主がわざわざ運び込ませたとなれば領民たちも興味が湧くもので、すぐに城下町の市場にも異国や他領からの食材が並ぶようになった。追加の販路が、今度は商家を中心に開拓され、複雑に増えた税収の処理にスウェイ以下役人たちはあちこち駆けまわって働いた。

王家に支払ったマデレーネの〝支度金〟は大きかったが、この分で進めば二年もかからずに取り戻せるかもしれない、と喜色にあふれて報告をする管財人へ、アランはただ一言、

「利益はすべて街道の敷設にまわせ」

と命じた。もともとが財になど興味のない主人で、増えるならば増えるに任せておけという態度であったから、この反応は意外だった。王家の監視が途切れるまでは支出を増やしておきたいという事情を知るのはスウェイだけである。

ともあれ、こうしてまた仕事は増えた。

そのほかの者たちもマデレーネのもたらした変化から無関係でいることはできなかった。

増築した城の一角で、家庭教師によるレッスンが始まったのだ。

「将来の夢……」

出されたお題を前に、ユーリアは頭を抱えていた。

マデレーネが〝講堂〟と呼んだこの部屋は、中央棟に併設する形で建てられた。仕切りはなく、広い部屋にテーブルと椅子が並べられ、前方が一段高くなっている。

家庭教師――彼女はアウロラ・マクレアン嬢といい、アランの遠縁にあたる。祖父の代で貴族籍からは離脱したが、一家はノシュタット家に忠誠を誓い、城下町の役人として働いていた。

アウロラ嬢は壇上に立ち、光る眼鏡の奥から生徒たちの様子を見まわしつつ、背後の黒板に文字を刻んだ。

「本日の作文の題《タイトル》はこれです」

真新しいなめらかな板面には、ユーリアが呟いたとおりの言葉が書かれていた。

「まずは砂時計が二度落ちるまで。時間になったら書けたところまで拝見します」

その宣言から、すでに砂時計一回分の時間が経過した。

ユーリアはちらりと周囲を眺めた。ベルタやリュフといったある程度の年齢を重ねた者だけでなく、下働きの子どもたちや同じ年頃のメイドも頭を抱えている。

そもそもなぜこんなことをしているかといえば、それはマデレーネの発案であった。

サン＝シュトランド城の使用人のほとんどはアランが引き取って働き口を与えた者たちで、平民のうちでも下位から中位に位置づけられる出身だ。もとより教養などない。

城へやってきたときに単語の綴りくらいは習ったが、それはたとえば「トマト　ひとはこ　くる　あした」とかそういう類のもので、子爵家の使用人たちの中で本が読めるのはスウェイを筆頭とした上層陣だけであったし、作文などと言われると未知の世界。

そのままでも業務に支障はなかったが、マデレーネがスウェイと相談して教育の機会を与えてくれたのであった。

（将来《しょうれえ》……つったらあ、こん先のもんだべ。おらの将来《しょうれえ》の夢んづったらばあ、……）

ユーリアはちらりとスウェイを見た。

スウェイは赤毛の髪を肩のあたりでひとつにまとめ、真剣な顔つきでペンを走らせている。ユーリアと違って都市の出身で、最初から彼に訛りはなかった。若くして頭脳明晰、主人の信頼を得ているスウェイを城のメイドたちは熱っぽい視線で見つめたが、それはユーリアとて例外ではない。

（スウェイさんと結婚……すつったりすて、町で家ば建てちまったりすて〜〜！）

白のドレスをまとった自分がスウェイと腕を組む姿を想像し、乙女の心が「キャ〜〜〜〜ッ‼」と黄色い悲鳴をあげる。が、それをそのまま書いて提出するのはよくないということくらいはユーリアにもわかる。

きっとこの題を決めたのはマデレーネなのだろうとユーリアは思った。

ほとんどの者たちは日々を生きるのに精いっぱいで、未来にどうしたいかなど考えたことがない。マデレーネは夢があると言っていた。マデレーネのしなやかな強さの源は夢を叶えたいと願う心。――と、そこまでは想像できる。

（おらは……なんがしてえんじゃろ……）

しかし実際に考えてみれば、難しいことに変わりはない。

そのとき、悩み続けるユーリアの隣で、スウェイがすっと手を挙げた。

（もうできたんだべか……⁉）

早い。さすがは執事だと尊敬の視線がスウェイに集まる。

「では、前に立って読んでみてください」

アウロラの言葉を受け、スウェイは壇上にあがった。書きつけた紙を掲げ、いつもの冷静な表情で朗々と読みあげる。

「私の将来の夢は、旦那様と奥様が安心して城をお任せくださるようにすることです。私ばかりが仕事をしていては属人的になりますから、後継者も育てます。信頼して仕事を託せる後継者が現れれば私自身は引退し、城内の炭焼き小屋にでも暮らして、ときどき旦那様と奥様のお子様たちにお目通りし、いっしょに遊ばせていただいたら、こんなに幸せなことはありません。私の全霊を捧げて旦那様と奥様の未来を明るくする。それが私の夢です」

読み終わり、一礼して壇からおりるスウェイ。その一挙手一投足を見つめながら、誰もが息すら押し殺していた。

講堂を沈黙が包む。というのも――、

(((重すぎる……‼)))

皆がスウェイの真摯な真心を受けとめかねていたからである。

(旦那様と奥様の子どものことまで考えてるの気が早すぎじゃない⁉)

(立場を独占しようとするんじゃなくて冷静に後継者を育てようとしてるのがまた怖い)

(さりげなく引退しても城内に住む気だ……‼)

アウロラがかろうじて「文法に誤りもなく、各文のあいだで矛盾もありません」と評価を下すが、表情から内心の動揺は明らかだった。

けれども、たったひとりだけ、目を輝かせてスウェイの夢を聞いた者がいた。

「おらも……！　おらも同じですだ‼　旦那様と奥様にお仕えするのがおらの喜びですだ、これからもそうありてえ」

ユーリアである。

「はあ～、スウェイさんはさすがですだ。おらは今のことで手いっぺえで、あとの人のことなんか考えたこともねえかったです。けんど、お子様もお生まれになるかもしれんし、おらたちも歳をとる。あとのことば考えていかねばならねえすな！」

「……」

講堂内をふたたび沈黙が支配した。

やがて、ぽつりぽつりと声があがる。

「そういえば、たしかに……」

「未来……か。未来のことなんて考えたこともなかったけど、そういうことだよなあ」

「この家のためになにができるか……」

「まーて待て待て！」

なんとなくまとまりかけた空気を打ち破ったのはリュフだった。

「そこまで滅私奉公しなくたっていいんだよ。おれたちは自由民なんだからな。いいか、おれ様が手本を見せてやる。〝将来の夢〟ってのはこういうんだ」

アウロラの許可を得ることもなく壇上に駆けあがったリュフは、講堂の壁を突き抜けるような大音声で自らの作文を読みあげた。

「おれは大陸じゅうの料理を学んで、誰もが認める最高の料理人になり、おれの料理を食べたやつらを幸せにしたい‼」

「はいっ、ぼくは、かわむきがはやくできるようになりたいです！」

「あたしはタルトがつくれるようになりたい！」

リュフに続いてカミュやヘレンが走り込んでくる。

「はい。よろしいですね」

手に掲げられた作文の綴りは誤りだらけだし文法も怪しかったが、アウロラは笑顔で頷いた。

将来の夢などと大きなことをいってもなかなか出てこないのはわかっている。もとから次回以降への宿題にし、自分たちの置かれた環境を見つめなおしてもらうことが目的だった。

その意味では、本当に自らの人生設計を固めきっているらしいスウェイの作文も、ほかの者たちのよい刺激になっただろう。

勢いを得た生徒たちは次々に手を挙げ、授業は大いに盛りあがった。

一刻後、人気《ひとけ》のなくなった講堂で片づけをしながら、アウロラ嬢はふと家庭教師の条件に『城内の様子を口外しないこと』があったことを思い出した。

城の内情をイエルハルトに知られたくないというマデレーネの希望だったのだが、

(この個性的すぎる方々のことを言いふらさないように、という意味だったのかしら……)

アウロラはそう納得した。


「はあ〜〜〜〜、疲れたですだ〜〜〜〜!!」

講堂の扉から出て開口一番、本音をぶちまけてしまったユーリアは、慌てて口元を覆った。

あのあと皆の発表を聞きながら考えてみたのだがやはり将来の夢を考えきれず、脳みそを絞りつくしたような疲労感に襲われていた。自分は健康で頑丈ではあるが知恵をまわすようにはできていない、とユーリアは思う。

「す、すみません」

「いや、たしかに頭を使う授業だったからな」

謝るユーリアにスウェイは真顔を崩さず、こういうことには人一倍厳しいベルタもまたどんよりとした視線を向けるだけだった。

「ベルタさんも、お疲れですだか……？」

「あたしだって手引書くらいは読むよ。アクセサリーの扱い方や食器の手入れは人に聞いただけじゃ心もとないからね。けど、作文……作文は苦手だ」

ユーリアを叱る元気もないほど本気で疲れているらしい。

気をとり直して奥様のところへ行こう、とユーリアは思った。家庭教師が来ているあいだ、マデレーネはひとりで読書でもしていると言っていた。マデレーネがいては家庭教師であるアウロラも授業を受ける使用人たちも落ち着かないだろうから、というのが理由だった。

たしかに今日の内容では、そうだったかもしれない。

「では、スウェイさん、ベルタさん――」

別れの挨拶をしようとしたユーリアに、スウェイは頷いて、

「そうだな、月例会議を始めよう」

「……へ？」

「なんだ？　そう言おうとしたんじゃないのか」

「いんえ、月例会議つうのは、スウェイさんとベルタさんがなさるものですだね？」

城全体の雇用や財政をとりまとめる執事スウェイと、メイドたちをはじめ女性のトップであるベルタ。月に一度、このふたりが翌月の予定や人員の配置について話す時間をとっているのは知っていた。

「今月から君も出るんだ、ユーリア。侍女は女主人であるマデレーネ奥様の直轄の使用人。今は君ひとりしかいないのだから、君が侍女頭だ」

「じ、侍女頭《がすら》!?　知らねかっただす……!!」

「言うのを忘れていたかもしれん。すまんな」

さらりと謝罪を口にするスウェイ。当然、言われていないから辞退というわけにもいかない。

愕然とするユーリアの前でスウェイは手帳を開いた。先ほど講堂で見たのと同じ流暢《りゅうちょう》な文章が視覚から飛び込んでユーリアの精神を圧迫した。

（なんで……なんで勉強の始まんのと同じ日に会議を入れたんだすか……）

ユーリアの心の叫びは、声にはなることなく消えた。


まるで塩漬けの干し肉のように生気を失ったユーリアがキッチンの隣に設《しつら》えられた使用人用の食堂へたどりついたのは、正午を少しすぎたところだった。

飾り気のないテーブルがふんぞりかえるように中央を占め、背もたれも肘掛けもないやはり簡易な椅子がぐるりとテーブルをとり囲むように配置されている。

しかしその最上座に腰を下ろすのは使用人ではなかった。

マデレーネだ。

「奥様〜〜〜、長らくおそばにいませんで、申し訳ございませんですだ」

「ふふ、ユーリア、お疲れ様」

よろよろと歩みよると、事情をお見通しなのだろうマデレーネが笑顔でいたわってくれる。

一応マデレーネの椅子はほかの者より大きく、飾りのある造りだが、本来はこの食堂にいてよい身分ではない。

「さて、全員揃ったし、食べるとするか！」

リュフの一声でカミュ、エミール、ヘレンの三人が湯気を立てる器を配った。

待ちきれず覗き込めば、白いスープの海にごろごろと切られたベーコンと野菜が沈んでいる。

毎週金曜の夕食はミルクポトフと決まっている。その週に使った食材のあまりと芋とを入れてミルクでよく煮込む、いわゆるまかない料理である。

輿入れの翌日、アランのいぬ間を見計らって、ベルタはリュフに命じてこの料理を作らせた。

貴族には、地面に近い場所にできるほど野菜の価値はさがると考える者たちがいるらしい。彼らは果実やナッツを好み、根菜を軽蔑し、芋は農民の食べるものだと考えている。

王都からやってきた王女様もそうであろうと、嫌がらせのつもりで出したのだ。

ところが、王女は気分を害するどころかそれをもてなしとして受けとめ、非常によろこんだ。ついには毎週使用人たちとご相伴《しょうばん》にあずかることになった、というわけであった。

全員に行き渡ったことを確認し、マデレーネが両手を組む。

「では、感謝していただきましょう」

「いただきます！」

皆も声を揃えると、銘々スプーンをとりあげた。

さっそく口の周りをスープまみれにするカミュに、ハンカチを押しつけてやるヘレン。黙々と食べるエミール。

「チーズとバターの配分を変えてみたんだがどうだ？　コクが出ただろう」

ヨハンが尋ねると、三人は同時に頷いた。

「「「うん、おいしい!!」」」

「先週のあっさりとどっちがいい？」

「「「どっちもおいしい!!」」」

「三人の言うとおりよ、リュフ、ヨハン。どちらもおいしくて選べないわ」

「お前らなに食わせてもおいしいしか言わねぇからなぁ。奥様もおれたちを信頼しきってるし」

「ぼやくか自慢するかどちらかにしろ、リュフ」

頭をかくリュフに苦笑を浮かべるのはヨハン。ふたりは息もぴったりの気の置けない仲になっていた。

和やかな場とおいしいまかないに舌鼓を打ちつつ、ユーリアとベルタは顔を見あわせた。

（この場に旦那様がおいでんなればええですのに）

（この場に旦那様がいらっしゃればねえ）

あいかわらずアランはマデレーネと食事をともにしようとしない。今日も巡回だと言って出かけてしまった。以前無理にいっしょにしたせいで、警戒心が強まってしまったようだ、とベルタとユーリアは思っている。

ヨハンの告白でアランの葛藤が深いものになったことを、あの場にいたスウェイだけが察していた。

食事の後片づけをするカミュたちに指示を出しながら、壁に寄りかかって腕を組み、リュフは眉を寄せた。

ヨハンの協力により、晩餐会の献立はほとんど決まった。食材も取り寄せ、調理の訓練もしている。だがこの城には、高級な料理に舌の肥えた者がいない。唯一そうであるはずのマデレーネはなにを出しても「とってもおいしいわ」と太鼓判を押してくれ、先ほどの食事時のようなことになってしまう。

「あーあ、誰か来てくれねえかなあ。できれば北部領の料理にもほかの料理にも詳しい……」

その願いは冗談のようなものだった。社交を避けてきたノシュタット家に貴族が訪れるはずもない。リュフ自身、そう考えていた。

◆◇◆

深まる冬の寒さに、城下町は昼間の賑わいが嘘のように静まり返っていた。

月明かりも届かぬ路地へ、ひとりの男が身体を丸めて入り込む。街の発展に追いつかない板造りの壁はたやすく留め具を外され、男の侵入を許してしまう。

客を装い、昼間のうちに店の内部は調べてある。すぐの部屋が倉庫代わりだ。

「――おい」

次の瞬間、興奮に口角のあがった男の顔を、覆いを取り払ったランプの光が照らしだした。

「!?」

眩しさに驚いて身をすくめる男の視界に映るのは、警備を引き連れた黒髪の青年。襟巻に隠れて口元が見えないぶん、射すくめるような鋭い眼差しに男はたじろいだ。

彼が領主アラン・ノシュタットであることを、男は知らない。だが、自分が思っているほどこの街は甘くはなかったのだということは理解できた。

「他人様の荷を盗もうなんざふてえ野郎だ、泥棒め」

警備が男の首根っこをつかみあげる。

「連れていけ」

縄につながれ、引き立てられていく男を見送りながら、アランは思わず険しくなっていた表情をゆるめた。

(警備を増やしたほうがいいな。人が増えれば治安は悪くなる)

飢饉から立ちあがりつつあったノシュタット領でも同じことが起きた。急激な人口流入はトラブルも生む。こうして領主引率のもと見まわりを強化し、厳しい姿勢を示すことも仕事のうちのひとつだとアランは考えている。

日中には使用人たちだけでなくマデレーネも買い物に出る。素性の怪しい者たちをのさばらせておくわけにはいかない、と考えて。

――どうか、姫様をお守りください。

ヨハンの懇願がよみがえる。

サン＝シュトランド城でのマデレーネの暮らしぶりを見たヨハンはすっかりアランのことを信頼したようだが、アランがマデレーネを避けることだけは腑に落ちない顔をしている。

（彼女を守るだけの力は、俺にはない）

ここにはいないヨハンへの言い訳を、アランは内心で呟く。

ヴァルデローズで有数の経済力を誇るといっても、結局は一領地の話だ。

誰も彼もがアランを過大評価している。イエルハルトや北部領の貴族たちだってそうだ。アランはただ、親から継いだ領地を守りたかっただけ。

そのことを理解しているのはマデレーネひとりだろう。

――ここでの暮らしは、わたくしの幸せです。

マデレーネの笑顔がよみがえり、アランは唇を引き結んだ。

「どうしました、アラン様？　お顔が赤いようですが……」

警備のひとりが心配そうに声をかける。

「いや……」

「最近は働きづめでしょう？　奥様がいらっしゃって張りきっていらっしゃるのはわかりますが、ほどほどになさいませ」

答えに窮し、顔を隠そうと襟巻を引きあげれば、それもまたマデレーネから贈られたものであることを思い出す。握りしめた感触は、あいかわらず少し大きい手袋越しにもやわらかく伝わった。


厚い曇天の向こうに太陽が昇り始めるころ、アランは城へ戻った。

「おかえりなさいませ、旦那様」

馬からおりたアランをスウェイが出迎える。

「変わりはないか」

「はい」

言いつつスウェイがちらりと背後を見やる。表情は変えずに視線の先を追いかけて、アランは声をあげそうになった。

玄関ホールの柱の陰から、マデレーネがにこにこと笑顔でアランを見守っているのだ。

「あの……話しかけなければ干渉にはならないというのが、奥様の解釈でして」

「……それで？」

「せめてお顔だけでも見たいとおっしゃいまして」

アランに気づかれていないと思っているらしいマデレーネは、なにがそんなに嬉しいのかと言いたくなる笑顔を惜しげもなくさらしている。

マデレーネの前で襟巻をつけていることがひどく気恥ずかしく思えて、アランは困惑した。しかし外せば、熱を持っていく頬がさらされる。

(——ああ、まずい)

湧きあがる温かな感情に気づかないわけにはいかなかった。頬の熱は全身にめぐり、張りつめていた心がゆるんでしまう。

ふわふわとした感覚がアランを襲う。焦って手袋をとろうとした手が空をかいた。

(……？　おかしい、身体が……)

マデレーネの笑顔がこわばる。

「アラン様……!?」

柱から駆け出してくるマデレーネに、慌てた表情のスウェイ。

そんなふたりを眺めながら、アランはその場に崩れ落ちた。


意識を取り戻したアランが最初に見たのは、安堵した表情のマデレーネだった。

「……」

思わず渋い顔になってしまう。

「おかげんはいかがですか」

「どうしてここにいるのですか。病ならあなたにもうつるかもしれないのですよ」

「過労との見立てでございました」

「貴族の妻なら、看病など使用人に任せておけばいい」

「わたくしを妻と認めていただけますか？」

悪戯っぽい笑顔を返され、アランは口を曲げた。先ほどは安心すると思えた笑顔が、心をかき乱すものになる。ヨハンや警備の部下たちの顔が脳裏をよぎった。

「いいえ、……俺ではあなたを幸せにできない」

思いがけないアランの言葉に、マデレーネは目を見開いた。まだ赤い顔をしているアランは、普段の自制心がゆるんでいることに気づいていないようだ。

「わたくしは十分に幸せですわ」

「その幸せは砂上の楼閣だとわかっているでしょう？」

答えの代わりにマデレーネは手ずから絞ったタオルをアランの額にのせる。半分遮られた視界を眺めて、アランは呟いた。

「ノシュタット家には、味方がいないのですよ」

セルデンはマデレーネを王家から切り離してアランの側に仕立てあげ、ノシュタット家へ嫁いだマデレーネを貶めても王家に刃向かうことにはならないのだと誘導した。

イエルハルトはマデレーネごとノシュタット家を潰す気だ。

「味方なら、たくさんいらっしゃるではありませんか」

マデレーネはアランの手を握った。それを振り払うだけの気力はもうない。

ふたたび重くなったまぶたの裏に、使用人たちの姿が映る。アランに笑顔を向ける領民たちも。マデレーネは彼らのことを言っているのだろう。

「だがあなたは王女だ。俺たちとは違う」

アランの力では、マデレーネに安全な居場所を作ってやることはできない。

「いいえ、わたくしの居場所はここです」

突き放す言葉しか吐けないアランに、マデレーネがどんな顔をしているのかはわからなかった。

遠ざかる意識の中でやさしい手がアランの頬に触れる。

「わたくしにも守らせてください。あなたの大切なものを」

マデレーネの言葉が意識にこだまする。

両親の姿が浮かんだ。両親と親しげに会話を交わすエリンディラ王妃。その傍らには幼いマデレーネ。

守りたいと思った。だからそう誓ったはずなのに、イエルハルトから押し付けのような縁談が来るまで――いや、嫁いできたマデレーネを迎え入れるまで、彼女の境遇をアランは知らなかった。それが王家と地方領主の隔たりなのだと、アランは身をもって知っている。

「姫様――」

「アラン様？」

そのまま、すう、と寝入ってしまったアランの顔を、マデレーネはしばらく見つめた。最後にアランがなにを言おうとしたのかはわからない。けれども眉根を寄せる表情は、心痛を表している。

「姫……いえ、マデレーネ奥様」

「ヨハン？」

ドアの外から小さくかけられた声はヨハンのもの。行ってドアを開くと、食事を持ったヨハンがたたずんでいた。丸い器からは香ばしいミルクの匂いがただよう。

「パン粥を作ってきたのですが……」

「今、お眠りになったところよ」

「ではお目覚めになりましたら温めましょう」

蓋をするヨハンに頷き、マデレーネも立ちあがる。

「にしても、この方が姫様の夫になるとは、思いもしませんでしたよ」

アランを見つめつつ部屋を出たマデレーネは、ヨハンの言葉に顔をあげた。

「アラン様のことを知っていたの？」

「え？」

ヨハンが驚いた顔になる。

「おぼえていらっしゃらないのですか？」

ノシュタット子爵家の門前に一台の馬車が停まったのは、そのときだった。

マデレーネとヨハンの会話は途切れた。

大鷹の紋章に、門番が慌てふためいて門を開け、下男は城内へ走り込む。主人の指示を仰ごうと、ユーリアがぱたぱたと廊下を走ってくる。

「リルケ子爵夫人が、お越しになりましただ……‼」

足音を注意される前に、ユーリアは思い設けぬ名を告げた。

◆◇◆

スウェイが己の力不足を痛感するのは、貴族社会に疎いことを見せつけられたときだ。執事には貴族子弟出身の者などもいるという。そうでなくとも、たとえば裕福な商家などに生まれていれば、日ごろから貴族に接していただろう。

しかしアランに拾われるまで、スウェイはただの孤児だった。ノシュタット家で働くようになってからも、アランの社交嫌いもあり、晩餐会へ伴われることはほとんどなかった。

だから、どうすればアランの利益になるのか、咄嗟の判断がつかない。

しかし今回は状況が違った。

「リルケ子爵ロベルトの妻、ヴェロニカ・リルケにございます」

「ノシュタット子爵アランの妻、マデレーネ・ノシュタットにございます」

挨拶を交わす夫人たちのうしろに控えながら、スウェイは安堵と無力感の入り混じった想いを抱えていた。当主アランが臥した場合、女主人であるマデレーネに応対が任される。スウェイの出る幕はもうない。

リルケ夫人ヴェロニカは、昔日の麗しい姿を彷彿とさせる凛としたたたずまいを、濃灰を基調としたドレスに包んでいた。目を引く装飾品は胸元のブローチのみ、マデレーネにとっては親といってもよいほどの歳で、髪には白いものが混じるが、それによって引け目を感じている様子は一切なかった。

「貴族の品位を守るため、正々堂々と話をしに参りましたの」

応接間に通されてもソファへ腰をおろすことなく、さしだされた手を握り返すこともなく、ヴェロニカは言った。

「率直に申しあげて、ノシュタット領と境界を接する領主たちの中には、現領主のやり方を快く思っていない者が多くおります。それにわたくしたちは、王女らしからぬあなたのふるまいにも憤りを覚えております」

「――……」

これにはマデレーネも、一瞬言葉に詰まったようだった。

周囲に侍る使用人たちも絶句している。

ノシュタット家をとり巻く状況は、二面性を持つ。周辺領の領主たちは結束しノシュタット家を除け者にしようとしているが、経済面では優勢なノシュタット領を頼らざるをえず、その矛盾がかえって彼らの自尊心を傷つける。

対立を煽り、中心で毒を撒いているのはセルデン伯爵だ。ただし彼は巧妙で、表向き自分はノシュタット家の仲介者であるという態度を装い、周辺領の支持とノシュタット領との交易の利益の両方を手に入れている。

そういった事情に照らして考えたとき、どこかの家とノシュタット家との全面対決というのは望ましい事態ではないのだ。

スウェイは緊張を悟られぬように小さく息をついた。

（これは、セルデン伯爵にも想定外の行動なのではないだろうか）

「奴の性格からして、なにか仕掛けてくるのは晩餐会当日だろう」とアランは言っていた。貴族らの面前でノシュタット家の名に泥を塗るためには、むしろそれ以前にこちら側に企みが露見するのは避けたいはずだ。

つまりこの訪問は、リルケ夫人の暴走ではないか。

（どうすれば穏便にお帰りいただけるのか……）

スウェイの額を汗がつたう。

「わかりました」

張りつめた静寂を破ったのは、マデレーネの穏やかな声色だった。

「ユーリア、お茶をお持ちして。スウェイは仕事に戻ってちょうだい。今日はアウロラ先生のいらっしゃる日でしょう。出迎えを」

「奥様」

「リルケ夫人は話し合いに来てくださったのよ。とてもありがたいことだと思いますわ」

マデレーネの笑顔は取り繕ったものではなく、心からに見えた。開きかけた口をつぐみ、スウェイは押し黙る。

ユーリアを振り向くと、彼女もまた緊張した面持ちで、「お茶のご用意を」と頭をさげると部屋を出てしまった。一瞬こちらへ投げられた視線は、スウェイの次の行動を案じていた。ユーリアはマデレーネの言いつけに従うべきと判断したのだ。

「……承知しました。ごゆっくりとおすごしください、リルケ子爵夫人」

スウェイも頭をさげると部屋を出る。

廊下ではユーリアが待っていた。

「こん城にいらしたばっかんころ、奥様はときどき、とても悲しそうな目をされとりました」

スウェイの疑問に、ユーリアは問う前に語り始めた。

「なんかあるべって、スウェイさんも言っとったでねえですか。ここ来る前《めえ》の奥様はとんでもねえつれえ目に遭っとったんでしょう。けんど、奥様はやさしい方だ。嫌なことされても、手をさしのべようとする。おらはそれがすげえと思んます」

スウェイの脳裏にマデレーネの笑顔がよみがえった。警戒する使用人たちに、彼女は手袋とクリームを贈り、友好を示した。それ以前に、自分の侍女にユーリアのような身分の者をあてがわれたことも、ベルタの無礼も、笑顔で許した。ヨハンの心を開かせた。

味方でないのなら敵だとスウェイは考えてしまう。けれどマデレーネは違う。

「奥様は、リルケ様と、仲よくできっかもすんねえって思われたんだす」

味方でないのに向かいあっているのなら、味方になってくれるかもしれない相手だとマデレーネは考えるのだ。

そしてそんな前向きに見える考え方の裏に、おそらく彼女が味わってきた辛苦がある。

「ユーリア……君は、真剣になると訛りが強くなるのだな」

「‼」

スウェイの指摘にユーリアは頬を染めた。

「お客様の前では、あまりしゃべらないように。だが――」

スウェイの目がやわらかくたわむ。

「奥様のことはおれより理解している。君の言うとおり奥様にお任せしよう。おれは仕事に戻る。あとは頼んだぞ」

「はっ、はい！」

逆の方向へ廊下を去っていくスウェイを見送り、ユーリアもまた湯を沸かすべく台所へと足を向ける。

（ス、スウェイさんが笑ってくれただ……⁉）

赤くなった頬を隠しながらはにかむユーリア。

（先週は講堂で『三行以上の文章は書けねえ以前に考えらんねえです』とべそをかいていたのにな……）

互いに相手のことを考えていたとは、スウェイもユーリアも、知る由もなかった。

◆

目の前でほほえみを絶やさぬマデレーネの態度に、リルケ夫人ヴェロニカは少々毒気を抜かれた気分だった。

（これが本当に莫大な借金を作った娘の姿かしら……？）

そうだとしたら、糾弾を受けてどうしてこれほどに堂々と相対できるのか。それに、マデレーネは仕立てのよいドレスをまとってはいるが、印象は慎ましく控えめで、髪や胸元を飾る宝石も小粒なもの。

違和感を覚え始めたヴェロニカに、マデレーネは親愛の情を示して両手を広げた。

「リルケ子爵夫人……いえ、ヴェロニカ様とお呼びしてもよろしいでしょうか。どうかわたくしのこともマデレーネと呼んでくださいませ」

「そんな！　いけません」

「どうしていけませんの？　今のわたくしはヴェロニカ様と同じ、子爵夫人ですわ」

「あなた様は〝王女〟の称号をお持ちです」

「けれどヴェロニカ様は、わたくしが王女と呼ばれるに相応しい暮らしをしてこなかったとお思いなのでしょう？」

「それは――」

返答に窮したヴェロニカに、マデレーネは眉をさげる。

「申し訳ございません。意地悪な質問でしたね。わたくしが申しあげたいのは、ヴェロニカ様とわたくしは同じ身分だということです」

ヴェロニカはくっと唇を引き結んだ。

投げかけられた問いは彼女の心に波紋を呼び、徐々に、自分自身の中にある矛盾に光を当て始める――王女に相応しくないと憤りながら、その序列を壊すことはできないでいる矛盾。

それは当然だ。マデレーネが王女でなく子爵夫人ならば、糾弾の理由はずっとお粗末になってしまう。

「わたくしはもう、メルヴィを名乗るつもりはないのです。ノシュタット家の妻として、北部領の皆様とも円満な関係が築ければいいと願っております」

「そんな……そんなこと、口ではどうとでも言えますわ。嫁いだ途端に夫の金で贅沢三昧をしたという事実は変わりませんわ。たくさんのドレスと宝石、増築に家庭教師に料理人まで」

「それでは、ヴェロニカ様に信じていただけるよう、あとで城の中をご案内しましょう。侍女が紅茶を持ってまいりますわ。どうぞお掛けくださいませ」

手をさしだすようにしてソファを示すマデレーネに、強いて逆らうだけの理由もなく、ヴェロニカは力尽きたように腰をおろした。

彼女の心の中は混乱しつつあった。

王宮から嫁いできた姫君は、金を湯水のように使い、身分すら金に換え、夫であるリルケ子爵やその仲間たちの領地に混乱をもたらす存在であるはずだった。ヴェロニカが訪れたとてすげなく追い返されるだろうと思っていたし、そうなれば晩餐会での衝突もやむなしと、下世話な期待を抱いていた。

なのに、どうしてもそうは見えない。

戻ってきた侍女がテーブルに茶器を並べる。心を落ち着けるハーブの香りにヴェロニカは疲れを自覚した。圧倒されているのだ。

「ありがとう、ユーリア。アウロラ先生がいらっしゃる時間でしょう？　もう行きなさい」

「ですが、奥様……」

「わたくしたちもあとで様子を見にいくわ。だからちゃんとお勉強していてくれるよう、みんなに言って」

「そうですだか？　それでは……」

奇妙な言葉遣いに顔をあげると、侍女は一礼をして出ていくところだった。顔つきは不安げだがその仕草は優美な、宮廷風の辞儀だ。

その一方で、ヴェロニカを取り囲むのは馴染みぶかい内装だった。家具も食器も北部のもの。王都風の家具や装飾で埋め尽くすわけでもなく、それ以前に重厚な造りの家具は昔の様式で、新調したようにも見えない。

ティーカップに口をつけながらこそこそと視線をさまよわせるヴェロニカを、マデレーネは沈黙をもって迎えた。

その沈黙は配慮と信頼の証だと、ヴェロニカは悟る。マデレーネはヴェロニカに思考の時間を与えている。

（セルデン伯爵とは真逆だわ……）

そう思ってしまった時点で、なにかが変わり始めていた。自分の中にあった、目を逸らし続けてきた感情が声をあげようとするのを、ヴェロニカは感じた。

時刻を確かめ、マデレーネは立ちあがる。

「では、参りましょう。使用人たちが出払っておりますから、わたくしがご案内いたしますわ」

「どこへ……？」

「増築した箇所をご覧に入れます。家庭教師のアウロラ先生も、今ならいらっしゃいます」

「……」

ヴェロニカは戸惑った。戸惑いの原因は自分でもわかっていた。マデレーネの提案に従えば、己の信じていたものが揺るぐかもしれないという予感だった。

それでも彼女に逃げ道はない。

――リルケ夫人は話し合いに来てくださったのよ。

自分に向けられたわけではない、何気ないマデレーネの一言が、ヴェロニカの心を縛っていた。マデレーネは、ヴェロニカの主張を聞いた。ならば次はマデレーネの反駁《はんばく》を聞かねばならない。

（ええそうよ。わたくしは――わたくしは、あの方々とは違います）

彼女の心に若かりしころの苦い思い出が浮かぶ。

内心を悟られぬように唇を引き結び、ヴェロニカは頷いた。マデレーネは手ずから応接間の扉を押し開ける。

応接間から出て案内されたのは城の中央部を挟んで向かいの棟だった。そこだけ新しいとわかる壁に、大きな両開きの扉が設えられている。マデレーネがそっと扉を開き、手招きする。

　無作法だとは知りながら、ヴェロニカは無言で中を覗き込んだ。

「ノシュタット領は大きく分けて三つの地域からなっています。ローク平野のある中央部――皆さんが今いるのもここです。城を中心に城下町が平野に広がります。それから山間部、荒野部。荒野部では甘芋の栽培が盛んで――」

　耳を打ったのは、想定外の声。よく通るその声は最後部から覗いたヴェロニカまでまっすぐに届いた。

　そこは、マデレーネがくつろぐための部屋でもなければ、華美に飾りつけて人を呼ぶための広間でも、ドレスや宝石がところせましと並べられたクローゼットでもなく。

（講堂……？）

　大きく領地図の描かれた黒板の前に立つ講師と、彼女へ向かって整列された机と椅子。それぞれの椅子には老いも若きもいっしょになって、城の使用人たちが座る。そして最前列の席では、先ほどの侍女が頭を抱えていた。

「冬にはシャスト連峰を通った風がローク平野に吹き込み、冷たく乾いた風となります。ヴァルデローズ国の中でもわたしたちが住む北部領は寒さの厳しいところです。とはいえ雪が降るのは年に数度で、大陸全土で見れば気候は温暖と言え――」

　講師が地図に説明を書き加えていくのを、使用人たち生徒もまた一生懸命に帳面へ書き写している。ときおり話が中断されるのは、書き写すのが遅い者にも時間を与えているからだ。

この講師がマデレーネの雇った家庭教師であるのなら、その目的はマデレーネに宮廷風の詩や音楽を教えて褒めちぎるためではなかった。

ヴェロニカはあとずさった。マデレーネが手を離すと、支えを失った扉が音もなく閉まる。

しんと静まり返った廊下に、自分の鼓動が響いているような気がした。

ふたたびマデレーネに先導されてハーブの香りが残る応接間に戻ったときも、奇妙な感覚はまだ続いていた。

「アウロラ・マクレアンさんは、ノシュタット家の血縁者ですの。毎週、文法と作文、計算、地理の授業のために来ていただいています」

「どうして……地理を？」

使用人として役立つ教育を施すというのなら、読み書きと計算ができればそれでよい。

「自分たちが住む場所をよく知らなければ、愛情は持てませんから」

それは簡潔で、かつ力のある答えだった。

ポットの湯はまだ温かかった。手ずから紅茶を注ぎ、ヴェロニカの前へ置きながら、マデレーネはほほえむ。

「逆を言えば、よく知るものは誰しも心から憎むことはできません。ヴェロニカ様も、今なおベイロン領を愛していらっしゃるでしょう」

一瞬、ヴェロニカの表情に緊張が走った。マデレーネもそれに気づいて首をかしげる。ややあってから、夫人は小さく息を吐く。

使用人たちは皆あの授業に出席しているのだ。だから客が来ているというのに誰もいない。他人の目がない空間とは、こんなにも穏やかなものだったか。

「どうしてそれを？」

「それ、とは」

「……わたくしが、ベイロン領を愛しているということです」

ためらいつつもヴェロニカが尋ねたのは、それが、彼女がひた隠しにせざるをえない感情だったからだ。

「そのブローチですわ。ベイロンでは昔から質のよい翡翠が採れます。ベイロン家では代々、お子様が生まれた際にその年の石の中でもっともよいものをお守りとすると聞きました」

「ああ……やはり、あなたは、王女なのですね」

王女に相応しくない人物なのだと信じていた。正義はこちらにあるのだと。しかし違った。

「エリンディラ王妃も、このブローチを褒めてくださいました」

マデレーネは崇高な人物だった——彼女の母親と同じで、相手の意見に耳を傾け、敬愛を込めて接するのだろう。

それを認めることは、ヴェロニカの胸に痛みを走らせた。

ヴェロニカがリルケ子爵夫人となったのは、二十を目前にしたころだった。

夫とは王都の社交界で何度か会っていたから、彼女は素直に求婚を嬉しいと思った。

「あなたは嫁ぐのだから、リルケ子爵の言うことをよく聞いて、従わなければなりませんよ」

そう両親から言い渡されたときも、深く考えずに頷いた。当然のことだと思ったからだ。

けれども直面した現実は想像以上に過酷だった。

「ねえ、ヴェロニカ。そのドレスは北部では似合わないのではないかな」

どこか怯えたような上目遣いで、あくまで決めるのはヴェロニカだというふうを装いながら、リルケ子爵は妻にすべてを指示した。ドレスの型から髪型、食事、飲みもの、ちょっとした単語のイントネーションや言い回し、果ては余暇の趣味まで、夫はヴェロニカの選択を北部風に改めた。

王家出納役を預かるリルケ子爵は結婚後もたびたび王都の王宮へ出仕したが、ふたりの出会いの場へ妻を伴うことはなかった。子爵がいないあいだは使用人たちが領地で帰りを待つ彼女を監視し、子爵に報告した。

「リルケ家に恥ずかしくない人間になるのだろう？」

そう言われるたび、自分を作りあげていたものをひとつひとつ、丁寧にとりあげられていくような気持ちだった。ベイロン領の家族へ宛てた手紙は年を追うごとに少なくなった。

飢饉後の状況はヴェロニカをさらに苦しめた。領地が悲鳴をあげているというのに夫は王都から戻らなくなり、すべての采配がヴェロニカの肩にのしかかる。

夫の地位を揺るぎないものにすべくセルデン伯爵のサロンへと参加し、ヴェロニカは呆気にとられた。現れたセルデン伯爵は、夫とまったく同じ態度をヴェロニカに強いたからだ。

「そのドレスの色はこの場には相応しくないようだ」

北部の話題を、装いを、序列を、セルデンは求めた。

（あのひとがわたくしに教え込んできたのは、これだったのだわ）

夫の意図を知り、これでいいのだとヴェロニカは自分に言い聞かせた。領主とともに領地を守るのが妻の役目。貴族は爵位の高い者へかしずき、妻は夫へかしずく。上に立つ者は正しく下々の者たちを導くのだから、間違いはない。

夜ごと流していた涙がいつのまにか絶え、彼女の仕草から南部らしさがすべて抜け落ちたあとには、ヴェロニカは北部貴族の眼鏡に適う〝リルケ子爵夫人〟となっていた。

ただひとつ、夫すらも知らぬ、お守りのブローチ——ヴェロニカがベイロン領で生まれたことを示す証を除いては。

「ヴェロニカ様は、リルケ領も、ベイロン領も、愛していらっしゃるのですね」

胸元のブローチを握りしめ、悔しさに歯噛みしながらヴェロニカはマデレーネを見た。

（どうして——）

石像のようだった顔がくしゃりと歪む。長く閉じ込めていた激情が、堰を切ってあふれ出す。

（どうしてこの娘に理解されなければならないの）

それが正しくないとは知りながら、年月にとらわれた心が最後の抵抗を試みる。

ぱん、と乾いた音が響いた。

ヴェロニカの手がマデレーネの頬を張ったのと、講義から戻ったユーリアが扉をノックしたのは、同時だった。

「奥様⁉」

物音にユーリアが飛び込んでくる。片頬を赤く染めたマデレーネの姿に、なにがあったのかは察せられた。

「おめえ……‼」

「ユーリア‼」

ヴェロニカにつかみかかろうとするユーリアをマデレーネが押し留める。

「いけません。落ち着いてちょうだい！」

「なんでだすか‼　この人が先に手ぇ出したんですだ！」

呆然と立ちすくみ、ヴェロニカは芝居を見るようにどこか遠い気持ちでふたりを見つめた。手にはまだ乾いた感触が残っている。自分がそんなことをするなんて信じられなかった。ただ、頬を張る直前のマデレーネの瞳に驚きは浮かんでいなかった。

「奥様はおっしゃったでねえですか！　風の吹く日の水は冷てえって。ブロッコリーの茎はうめえって。おらたち、奥様んこと、苦労なんつなんも知らねえ王女様だと思っちょりますた。でも違ったんですだ。奥様は、つらいこと隠して笑っとられる人だ。だから、奥様んこと知らねえくせにバカにするやつは許せねえんですだ……‼」

ふうふうと荒い息をつきながら、両の目から熱い涙をこぼし、ユーリアはまくしたてた。

「違うの。そうじゃないのよ。ヴェロニカ様はわたくしを叩きたかったのではないの」

「――‼」

マデレーネの言葉は崩れかけていた言い訳に最後の一撃を与えた。

彼女の言ったとおりだ。よく知るものは誰しも心から憎むことはできない。思う存分軽蔑したければ、遠巻きにして、相手の意見になど耳を貸すべきではない。

セルデンの言葉が己を駆り立てた理由を、夫や伯爵に黙ってノシュタット家を訪れた理由を、ヴェロニカは理解した。

夫や伯爵の側に立ちながら、彼らが絶対にしてくれないことをする口実を得たからだ。そしてまた、ヴェロニカ自身がこれまでしてこなかったこと――誰かと向きあうことを。

自分が本当に憎んでいたのは、マデレーネではなかった。

「……ごめんなさい」

こぼれた呟きにユーリアが動きを止める。握られていたこぶしはほどかれ、毛を逆立てた猫のようだった全身から力が抜けていく。

「……おらも、申し訳ありませんでした」

マデレーネは、抱きとめていた腕を離し、ユーリアの頬にそっとハンカチを押しあてた。

「ありがとうごぜえますだ」

礼を言い、ユーリアはマデレーネのハンカチで思いっきり鼻をかんだ。普通なら不敬と叱られる場面である。王族としての品位には欠けるのかもしれない。だが、それに劣らない心の結びつきがある。

対して自分は、なんと空っぽなのだろう。夫とすら対話を避けてきた自分は。

今の自分には、こうして涙ながらに味方になってくれる者なんていない。

「マデレーネ様」

ヴェロニカは両手をさしのべてマデレーネの手をとり、聖なるもののように額に押しいただいた。

「わたくしは……わたくしはどうしたら？　どうすれば償えますか？」

「なにもする必要はございませんわ、ヴェロニカ様。ご覧ください。もう頬は元どおりです。痛くもありませんでした」

まだ納得のいかない顔をしているユーリアをなだめながら、マデレーネはほほえんだ。空虚を自覚した心を埋めてくれるようなやさしい笑顔だった。

「けれど、このままでは……晩餐会の日に、彼らは……」

「晩餐会には、皆様でいらしていただけるのですね？　それでは、精いっぱいおもてなしをするだけです」

「マデレーネ様、あなたは、受けとめようとなさるのですか……？」

「心が通じあうかどうかは、心を開いて話してみなければわかりませんわ。そのことをわたくしは知らなかったのです。この家に来るまで、無意識に自分の気持ちを隠して生きてきました」

ヴェロニカは目を細めた。

侍女の言ったとおりだ。マデレーネは、つらいことを表に出さないだけ。だがそれは並大抵のことではない。

「晩餐会はわたくしどもの仕事です。ヴェロニカ様は楽しみに待っていてくださいな」

言ってから、マデレーネはふと気づいた表情になり、

「でも、そうだわ。手伝っていただけるのでしたら、我が家の料理長に、アドバイスをいただけませんか。北部の料理にも中央の料理にも詳しい方をさがしておりますの」

「……？」

不思議そうに見つめ返すヴェロニカに、くすぐったそうな笑みが返る。

「これからもときどき、遊びにいらしてください、ということです」

その言葉が社交辞令でないことは、握りあったままの手のぬくもりから伝わった。ぬくもりは肌を通り抜け、心に直接触れたようだった。

「……ありがとうございます、マデレーネ様――」

胸の奥から熱いものが吹き出してきて身体をふるわせる。

涙を滲ませながら、ヴェロニカは笑顔を浮かべた。

第五章 ◇ 過去と未来

新緑を凝縮したような不思議な色合いの宝石を光に透かし、マデレーネは顔をほころばせた。

(ああ、これは夢だわ)

翡翠を持つ手は今よりずっと小さい、子どものものだ。

幸福だった昔を、夢に見ているのだ。

「これはね、翡翠といって、ベイロン領でよく採れるのよ」

やわらかな母の声が降ってきて、幼いマデレーネは母の笑顔を振り仰いだ。

「ベイロン領?」

「ベイロンの人々は、子どもが生まれると、翡翠をお守りにするの。これはあなたによ、マデレーネ」

「ありがとう、お母様!」

マデレーネは心からの笑顔で感謝を告げる。

物心ついたときには母エリンディラは王妃として各地を訪れ、王宮を長く留守にすることも多かったけれど、寂しくはない。母が送ってくれる手紙にはマデレーネの知らないことがたくさん書かれていて寝物語にぴったりだったし、こうしてお土産もある。

「イエルハルトとカイルにもあるのだけれど……受けとってくれるかしら」

「きっとよろこぶわ、お母様。だってこんなに綺麗なんだもの」

力強く頷けば、エリンディラはほほえみを浮かべる。

「ええ、そうね。みんなが笑顔で暮らせることが、お母様の夢だもの。弱気になってはいられないわ」

エリンディラは愛おしそうにマデレーネを抱きよせ、ほおずりする。

「あなたのために、少しでもよい国にしたいの。それがお母様にできる精いっぱい……」

「王妃殿下、王女殿下、失礼いたします。ノシュタット家の方々がいらっしゃいました」

ノックの音とともに廊下から声がかけられた。エリンディラが「どうぞ」と告げると、扉が開かれ、母より年上らしい夫妻と黒髪の少年が入室する。

「わざわざお越しいただいて嬉しいですわ」

「もったいないお言葉です。我々こそ、王妃殿下のお力添えがあればこそ、冬を乗り切れるだけの蓄えができたというものですから」

「新しい脱穀機はどうでしたか？」

（お母様はお仕事ね）

そう察したマデレーネは少年のもとへ駆け寄った。子ども同士で遊べるかと思ったのだ。

しかし、四つか五つは年上に見える少年はすました顔で両親の脇に立ち、エリンディラとの会話を聞いている。

「なんですか、姫様」

じっと自分を見つめるマデレーネに少年は胡乱な視線を向けた。まるで、自分は忙しいのだとでも言うように。

「ねえ、タルトを食べない？　ヨハンに言えば作ってくれるわ」

小声で尋ねると少年の肩がぴくっと揺れた。ぐっと眉根が寄り、少年は首を横に振る。

（本当は食べたいみたいなのに）

どうしてかしら、と不思議そうに見つめるマデレーネに、少年はばつの悪そうな顔になって視線を逸らす。

子どもたちの様子に気づいたのは少年の父親だった。

「アラン、姫様がこう言ってくださっているんだ。行っておいで」

「父上、でも……」

「子どもは楽しく遊ぶのが仕事だぞ」

大きな手でくしゃりと髪を撫でられ、アランと呼ばれた少年は顔を赤くした。

「そうでなきゃ、国や領地を愛せないだろう」

「……俺だって、仕事がしたいのに」

まだ怒ったような顔をしているが、それは同意の言葉だ。マデレーネはぱっと顔を輝かせ、少年の手を握った。

「アランというのね？　わたくしはマデレーネ。さあ、行きましょう！」

「あっ、おい、……じゃなくて、お待ちください！」

慌てた声をあげながらも、アランはマデレーネのあとに続いて部屋を出ていく。そんなふたりを大人たちは笑顔で見送った。

廊下に明るい笑い声が響いた。すぐに足音が近づいてきて、ヨハンは苦笑を浮かべた。

「ヨハン、タルトをふたつ！」

思ったとおりのお転婆な王女が厨房に駆け込んできて、ヨハンを見つけるとぱっと表情を輝かせた。アランの腕を引きながら、マデレーネは弾んだ声で告げる。

「友達の分よ！」

「おや、めずらしいですね」

「友達、って――！」

「お願いね！」

驚いたアランが否定する前に、マデレーネはまた駆けだしてしまった。振りまわされるアランに忍び笑いを漏らすと、ヨハンは小麦をとりに歩きだす。アランも慌てて踵を返す。

「待ってください、姫様！」

小さな姫君に追いつくのはわけもない。だが相手は王女で、腕をつかむわけにもいかない。呼び止めても止まってくれなければ、地の利のないアランは翻弄されるばかりだ。

「こっちよ！」

広い王宮の廊下の角から呼ばれ、かと思えば外階段を駆けおりて、ようやくマデレーネが足を止めたのは内庭の木陰だった。肩で息をするアランに、額に汗を滲ませたマデレーネがくすくすと笑う。

アランも仕方がないというように笑って、芝生に腰をおろした。

王都の冬はまだ訪れていない。陽光はやわらかくふたりを包んだ。

「アランの領地はどんなところ？」

「ノシュタット領ですか。そうですね……山に囲まれて、冬はヴァルデローズで一番寒くなる。おかげで領主といえども貧しい。いいところではないかもしれません」

「雪が降るの？」

「ええ。今年はとくに多くなるでしょう」

マデレーネは目を閉じて想像してみた。険しい山々も平地の畑も家畜たちが草を食む草原も、すべてが雪に覆われる。たしかにアランの言うとおり、厳しい土地かもしれない。

「でも人は温かいのです」

アランが笑顔を見せた。

「雪の日にも父上は村をまわり、街をまわり、仕事をしている。だから皆が父上を信じている」

「お母様といっしょだわ。わたくしも、お母様のようになりたいの」

「王妃様は北部の土地を助けてくださっています。いつか俺も王妃様のお役に立ちたい」

マデレーネは顔を輝かせた。母の仕事ぶりを理解してくれる者に会ったのは初めてだ。

「ねえ、お手紙を送ってもいい？　王宮にもまた遊びに来るでしょう？」

しかし、頬を紅潮させるマデレーネに見つめられ、アランはふいと顔を逸らして立ちあがる。

「……俺は友達ではありませんよ」

突然の否定が、先ほどヨハンに告げた言葉を指すのだと理解するには、数秒を要した。

「あなたは王女で、俺は地方領主の息子だ。身分が違いすぎるのです」

「友達に身分は関係ないわ」

きっぱりと告げれば、鳶色の目が瞬いた。すぐにその目は細められ、色は深みを増す。

「中央貴族から見れば北部は田舎です。そんな俺が姫様の友達だなんて聞いたら、気を悪くする方々もいるでしょう」

「でも……会って話をすればわかるじゃない。仲よくなれるって」

「あなたが国政に関われば、きっとやさしい政治をなさるでしょうね」

さやさやと吹く風が色づいた楓《かえで》の葉を揺らす。美しい風景の中に立つアランは笑っているのに、どうしてだか胸が締めつけられるように苦しい。

胸に手を当て、アランはほほえんだ。

「俺が捧げられるのは忠誠だけです。だから、それだけは違《たが》えることなくあなたに捧げます」

膝をつき一礼する凛とした姿は、友人ではなく〝臣下〟に相応しいもので、立ちすくんだままマデレーネはなにも言えなくなってしまう。

「戻りましょう」

手をさしのべられ、泣きたいような気持ちで手を握った。とぼとぼと歩みを進めるマデレーネに、アランはなにも言ってくれない。

遊び慣れたはずの大廊下はしんと静まり返り、まるで知らない場所のようだった。

「ねえ……また会えたら、もっと話をしましょう……？」

小さく呟き、マデレーネは顔を俯ける。たくさん話して、たくさん遊んで、おいしいお菓子をいっしょに食べたら、誰がなんと言おうと友達のはずだ。

アランがどう答えたかは、思い出せない。

（アラン様に、お会いしたことがあったのね……）

夢は別の記憶へと流れてゆく。気づくとアランはいなくなり、マデレーネはひとりで立っていた。目の前では、青ざめたエリンディラが手紙を読んでいる。

どきりと心臓が鳴った。

「お母様！」

騒ぐ鼓動に急《せ》き立てられるようにマデレーネは母の腕にしがみつく。

「アラン、アランは⁉　アランはどうしたの――」

控えめな足音がして、紅茶の香りが鼻先をくすぐった。茶器を扱う音が部屋に落ちる。

「……ユーリア……？」

「おはようごぜえますだ、マデレーネ奥様。今朝はめずらしくお寝坊でごぜえますだね」

まだぼんやりとした意識は、現実感がない。眠たい目をこすりながら起きあがると、向日葵のような笑顔があった。思わずマデレーネも笑顔になる。

「いい夢を見ていたの」

「そりゃあすんばらしい日になりますだねえ」

マデレーネは目を閉じて朝の日差しに顔を向けた。冬を抜け、庭の緑は日ごとに葉を広げ、あの翡翠のように陽光が葉を透かして照りつける。

（どうして忘れていたのかしら……）

あの日、ヨハンがタルトを作っているうちにアランは両親と帰ってしまい、できあがったタルトは母と食べた。

輿入れの際のマデレーネの態度から、アランはマデレーネが自分を忘れていることに気づいたのだろう。わざと突き放すような態度をとった。

「……アラン――」

「え？　旦那様がどうかなさったんですか？」

「いいえ、なんでもないの」

思わずこぼれた名にユーリアが声をあげ、マデレーネは首を振った。いつものようにほほえみを浮かべようとして、その表情は沈んだものになってしまう。

（いい夢だった、はずなのに……）

母もアランも、皆が笑っていた。幸せなころの夢のはずなのに、最後に幼い自分自身が発した叫びは、そうとは思えなかった。

「アラン様はどうしていらっしゃるかしら？」

「具合もよくなったってんで、お仕事をされとりますだ。ベルタさんに叱られてましたけど」

眉を寄せるマデレーネの傍らで、表情を曇らせ、紅茶に手をつけようとしない主人の様子に、ユーリアもまた怪訝な顔になる。

「ユーリア」

「は、はいっ‼」

「着替えたら、アラン様にお会いします」

しばらくして顔をあげたマデレーネの眼差しには、強さが宿っていた。

◆

書斎でひとり、アランは大きなため息をついていた。

ちょうどいい具合にスウェイも姿を現さない。見つからないうちに書きあげてしまわなければと思いながらも、真っ白な便箋に走らせたペンは一文ごとに動かなくなる。

ヨハンから聞かされた王宮での扱いは、アランの想像をはるかに超えるものだった。それでも、マデレーネの価値に気づけば、王家は態度を改める。

エリンディラが王妃となったように、マデレーネにはもっと相応しい地位がある。

「――アラン様？」

「！」

名を呼ぶ声にアランは顔をあげた。書斎のドアを開けた姿勢でアラン以上に驚いた顔をしているのはマデレーネだ。

「申し訳ありません。ノックをしてもお返事がなかったものですから……」

頭をさげるマデレーネに、思わず寄ってしまった眉間の皺を揉む。

アランは腰をあげると、マデレーネの隣に立った。

「なんのご用ですか。先日の教育者の件なら、手配は進んでいます」

スウェイを通じて、城下町周辺の各村に教育を受けた者を派遣したい、という提案を受けていた。そのために教育者となれる人間を雇い入れたいと。

「俺も考えていたところでした。城下町の商工業者は組合《ギルド》のつながりで相互補助を図っていますが、農村への教育は支援が必要です。『あおガラス　３まい』程度でも、読めて書けるならば武器になる――」

「アラン様」

凛とした声に名を呼ばれ、アランはわざとらしい饒舌をふるう口をつぐんだ。

マデレーネはアランの脇をすり抜けると、迷いなく部屋の奥へと歩みよった。執務机には一枚の便箋が広げられている。

「！」

「――〝上述のとおり、優秀な経営手腕を見せる王女殿下を我が領へとどめ置くには忍びなく、マデレーネ様を離縁したく〟」

ぎくりとしたアランが動く前に、マデレーネはその文面を読みあげた。アランの眉が寄る。

背を向けたマデレーネの表情はわからない。

「……言ったはずです。いずれ離縁するつもりだと」

「はい。わたくしも、承知しましたとお答えしました。でも――」

アランは目を見開いた。

便箋をとりあげたマデレーネが、それをふたつに引き裂いたからだ。

「姫様……!?」

咄嗟の呼び名に、振り向いたマデレーネはくしゃりと顔を歪める。

「わたくしが……忘れてしまったからですか？」

息を呑むアランの様子に、マデレーネの疑問は確信に変わった。

なにがあったのかはわからない。ただ、幼いマデレーネの言ったとおり、

（わたくしたちは、もっと話をしなければならなかったのだわ）

アランは過去にとらわれている。

アランだけではない。無意識にマデレーネも、アランの拒絶を受け入れようとしていた。結婚を命じられたとき、王家やマデレーネに都合のよすぎる条件を訝しく感じた。にもかかわらず、干渉するなというアランの言葉に素直に従って、話をすることを避けてきた。

「アラン様の笑顔が見たい――なんて言いながら、わたくしは、女主人としての役割を果たすことだけを考えてしまっていました」

　マデレーネが一歩ずつ近づいてくるのをアランは見た。眉根を寄せて唇をふるわせる表情は彼女らしくないと思うのに、アランには見おぼえがある。

　また会えたら、と言った幼いころの彼女。

「ひとりですべてを背負おうとなさらないでください」

　ふたりのすれ違いの原因が、過去にあるのならば。

「教えてください。わたくしたちのあいだになにがあったのですか」

　アランを見つめるマデレーネの視線は、いつものやさしいものではない。

　そこにあるのは、悲しみでも怒りでもなく、怯え。

　アランの肩から力が抜ける。

　小さく息をつき、アランはもう一度マデレーネを見た。

　視線を逸らさないマデレーネは勇敢に見えて、胸元で握った手は小さくふるえている。マデレーネは向きあうために来た――自分自身やアランと向きあうために。

　だから、応えるしかない。

　こぶしを握り、アランは床を見つめた。磨かれた木目は複雑な文様を描いている。

「あの日――両親は寒波の中、小麦の収穫が間に合ったことをエリンディラ様にお伝えするため、王宮を訪れました」

　数年にわたるエリンディラの政策が実を結び、小麦の収穫は例年の倍はあった。これで冬はまかなえるだろうと誰もが考えていた。

けれど、よろこびを追いかけるように、不幸な報せが王宮に届いた。

「もたらされたのは、ノシュタット領で〝氷錆病《アイスラスト》〟が発生したという一報でした」

マデレーネは息を呑んだ。

だからアランはタルトを待たずに帰ってしまった。

「エリンディラ王妃は援助を約束してくださった。〝氷錆病〟の処置は単純です。刈入れのすんだ小麦を燃やし、土地を封じればそれで終わるはずでした」

あちらこちらへと役人を走らせる父母の姿を見ながらも、幼いアランはどこかで楽観視していた。領主と領民とのあいだに絆はあるのだと信じていた。父は偉大な領主なのだと——どれほど不安になろうが、領民はついてきてくれるのだと、勝手に信じていた。

けれども、一度手にした食料を失うことへの不安は、アランの想像以上に大きかった。

「一部の小麦が処分されず、売られてしまったのです」

ぎっと奥歯を噛みしめ、アランはよみがえる絶望を押さえつける。

「それに気づかず口にした者たちは病にかかり、病は広がっていった。交易にのった氷錆病は、品薄の噂を聞きつけて小麦を買い占めた王都の商人たちの手で、王宮へ……」

——お母様‼

青ざめたマデレーネの脳裏にふたたび記憶が閃いた。

幼い手で母の腕をとり、精いっぱい背のびをして手紙を覗き込む。ところどころ濡れて染みのできた便箋は、雪の降るノシュタットから必死でやってきたような気がした。

「アランはどうしているの？　怖い病気が流行っているんでしょう？　アランは……」

　ドレスの袖がめくれ、エリンディラが表情をこわばらせる。

「マデレーネ!!　その腕は……!!」

「え……？」

　そうだった、と夢の続きを思い出し、マデレーネは自分を抱きしめるように身をすくめる。悲鳴じみた母の声。腕に浮かんだ斑点。医者を待つあいだ身体は凍えたように冷たくて、意識が遠くなって――。

　アランの言うとおり、〝氷錆病〟は王宮にまで到達した。

「寒い……!!　寒いわ、お母様」

　歪んで見えない視界の中で必死に手をのばし、マデレーネは涙を流した。

「マデレーネ、大丈夫よ。大丈夫。お薬を飲めば治ります。マデレーネ……」

　ふと、枕元で名を呼び続けてくれていた母の声が聞こえなくなった。手を握ってくれていた手が離れていってしまった。

（お母様……？）

　人の気配はたくさんあるのに、誰もマデレーネに手をさしのべてはくれない。

　続いた苦しみがどれだけの時間だったのかはわからない。数日かもしれないし、数週間かもしれない。

　熱にうなされ続けたマデレーネがようやく意識を取り戻したとき、エリンディラはすでに埋葬されたあとだった。

そしてまた、アランのもとに王妃の訃報が届いたのは、両親を喪った直後のこと。

爪が食い込み手のひらに傷をつけるほど固く、アランはこぶしを握りしめる。

「俺たちは、エリンディラ様になにも返せなかった……それどころか、死の原因を作った」

「だから、王家の要求を呑み続けてこられたのですね」

莫大な額の借金も、王女の降嫁も、その王女が湯水のように金を使うことも。

覚悟のうえで、アランはイエルハルトの申し出を受けた。

「ノシュタット家は、あなたに償いきれないほどの責めを負っているのです」

「アラン様。お顔をあげてくださいませ」

白い手がアランの腕に触れた。俯けていた顔をあげれば、マデレーネはほほえんでいる。必死に感情を隠そうとしている笑顔だった。

「アラン様に責任はありません」

マデレーネは美しい母の笑顔を思い浮かべた。その笑顔と同じものがアランの目にも映っていればいいと祈る。

「お母様は、飢饉の何年も前から病を患っていらっしゃったのです」

「病を……？」

眉を寄せるアランに、マデレーネは静かに頷いた。

「もとから病弱で、いつ倒れてもおかしくないのだと侍医に言われておりました。けれどもできるだけのことはしたいからとおっしゃって……」

――あなたのために、少しでもよい国にしたいの。それがお母様にできる精いっぱい……。

母の声が耳にこだまする。

本当は、王宮にいてほしかった。手紙ではなくてお話をしてほしかった。でも言えなかった。

なぜ自分が記憶を封じてしまったのかわかった。

アランたち以外に、母のために王宮を訪れてくれた貴族はいなかった。あれは幼いマデレーネのもっとも楽しかった思い出。

母が亡くなる前だって、イエルハルトは冷たかった。彼に近しい侍従たちはマデレーネに無遠慮な視線を向けた。エリンディラが領地をめぐるあいだ、マデレーネは母の名を貶めぬよう、母のくれた手紙とお土産に囲まれて、母の言いつけを守って暮らした。

葬儀の終わってしまった王宮で喪失の実感は薄く、マデレーネはこれまでと同じようにふるまおうとした――母が留守のあいだ、母の名を汚さぬように。

（……笑っていなくちゃ）

泣いてはいけないと思った。だがそんなマデレーネの態度は、イエルハルトの逆鱗に触れた。

「なにを笑っている⁉　マデレーネ‼　父上も病に臥せた。お前の母親のせいで王家はめちゃくちゃだ‼」

ついにはマデレーネの侍女もそう言った。コックもそう言った。ヨハンは姿を見せなくなり、やさしかった人たちが冷たくなった。

「姫様！」

はっと我に返ったマデレーネを、アランが見つめていた。なにか言いたいと思うのに、はりついてしまった笑顔が動かない。アランにもマデレーネの混乱がわかった。思わず口をついた過去の呼び名は、今のマデレーネを縛るもの。

「あなたこそ、自分ひとりで背負おうとしないでください」

アランの両手がこわばった頬を包む。ぬくもりを感じた瞬間、過去の記憶はかき消されたように遠ざかった。マデレーネを責める声はここにはない。

初めて覗き込んだアランの瞳の奥に、マデレーネは燃えるような輝きを見た。

「――マデレーネ」

まっすぐに告げられた名に、マデレーネの唇から笑みが消える。

青い目から涙が滲み、あふれた雫はアランの手を濡らす。

「ふ、ううう……‼」

目を閉じれば涙はさらに流れた。

堪えきれない嗚咽《おえつ》といっしょにふるえる身体を、アランが抱きしめてくれる。

これはあのときに流せなかった涙だ。王宮にマデレーネの居場所はなかった。だから誰にも縋れなかった。

ここには、心を許しあえる人々と、おいしい食事と、楽しい毎日がある。

「あなたの居場所はここです」

声をふるわせ告げるアランの目からも、ひとすじの涙がこぼれた。

◆◇◆

春の訪れの気配は、着実に伝わってきていた。日は徐々に長く、空気は暖かく、窓から差し込む陽光は明るさを増してゆく。

大きなため息をつきかけ、軽やかなノックの音にアランは顔をあげた。スウェイでもなく、ベルタでもユーリアでもない。それがわかる程度には音の主は書斎へ足を運んでいる。

「……どうぞ」

「失礼いたします」

予想どおり現れたのはマデレーネだ。互いの胸のうちを吐き尽くしたあの日から、不干渉の約束は事実上撤廃された。晩餐会の相談にもマデレーネ自ら訪れる。

かあっと顔を赤らめるアランに、マデレーネもはにかんだ笑みを浮かべる。だが、それ以上のやりとりがふたりのあいだで交わされることはない。

（わだかまりがなくなったからといって、いきなり夫面ができるか）

マデレーネとともに食事をとるようになり、会話も増えたものの、それで馴れ馴れしくできるなら出会った日にあんな態度はとっていない。

（彼女が俺をどう思っているかもわからないのに）

結局のところ、ほどよい距離感というものがアランにはわからなかった。おかげでふたりのあいだの空気はいまだにぎくしゃくとしている。スウェイやユーリアも不服そうだ。

「なんの御用ですか？」

書類を携えていないマデレーネに、アランは首をかしげた。

なぜか装いはいつもより華やかで、編み込まれた髪には菫色《すみれいろ》のリボンもかかっている。薄く紅を引いた唇が鮮やかに映えた。

どきりと鳴った鼓動を隠すアランに、マデレーネは首をかしげ、

「スウェイから、お出かけに同行するよう聞いたのですが……」

「……は？」

「芝居のチケットがあるからと」

マデレーネの視線を追えば、詰まれた書類のあいだから赤い封筒が覗いている。手にとってみるとたしかに城下町の劇場の名が記されていた。

（いつの間に……）

「まあまあまあまあ旦那様‼　芝居に遅れてしまいますよ。早く準備をなさらねば」

呆然とするアランの耳に今度はベルタの力強い声が届いた。書斎のドアが開かれ、櫛を持ったベルタにタイとジャケットを持ったスウェイ、外出用のドレスに着替えたユーリアが入ってくる。

お節介な使用人たちは、ついに仕事という名目すらとっぱらって実力行使に出ることにしたようだ。

その原因が数日前に「奥様がっ、旦那様のお名前さ呟きながら、悲しげな顔をなさっとったん

ですうう‼」と訴えたユーリアだとは、アランもマデレーネも知らない。アランがスウェイの不在を疑問に思っていたころ、彼は城下町へ芝居のチケットを買いに走っていたのだった。

「さあさあさあ‼」

　嵐のような騒ぎを止める暇もなく、気づいたときには衣装を着替えさせられ、髪を整えられて、アランは馬車に乗っていた。隣にはもちろんマデレーネがいる。

「午後は休暇でございます。仕事はご心配なく」

「では、いってらっしゃいませ！」

「いってくるわね」

「いってきますだ！」

　玄関ホールで頭をさげるスウェイとベルタに、マデレーネとユーリアが手を振った。

　ゆるゆるとした馬車の進みにあわせて、馬の蹄が石畳を蹴る音が響く。馬車上にはアランとマデレーネが並んで座っている。傍らを歩くユーリアは、スキップをしないように自分を抑えていなければならないくらいだった。

「あの、ご迷惑でしたでしょうか？　わたくしも、旦那様とお出かけの機会があるのなら、と嬉しくなってしまって」

「いや、迷惑ではありません」

　うかがう視線のマデレーネにそう言われれば、アランも首を振るしかない。その頬が赤らんでいることをユーリアは目ざとく発見する。

　ユーリアだけではなかった。幌のない馬車はすぐに街の人々の目を引いた。皆、領主であるアランの顔は見知っている。

「アラン様！」

「ご領主様だ」

「ではこちらが奥様で!?」

「こらこらーっ！　奥様を驚かすんじゃねえですよ！　道を開けて！」

「ユーリアも出世したなあ」

　わあっと押しよせてくる彼らにアランは渋い顔をした。顔の売れているアランはもとより、サン＝シュトランド城の使用人たちも城下町の人々とは顔見知りだ。マデレーネ自身も城下町におりて買いものをしたり、商人たちと顔をあわせることもあるとはいえ、アランと並んで人前に姿を現すのは初めて。

　領民たちにとってこれはちょっとした領主夫妻の新婚お目見えパレードなのだ。

　歓声はさらに人を呼び、花を買い求めてマデレーネに渡したり、旗を振ったりする者まで出てきた。マデレーネも笑顔で手を振り返す。

　いっしょになってはしゃぐわけにもいかず無愛想を決め込むアランにも、領主の普段を知っている領民たちは（照れていらっしゃるんだねえ）と笑顔を向ける。

「奥様がお越しになってから、暮らしはさらによくなってねえ。道も立派になったし、人も増えて、市場もどんどん大きくなる」

「ええ、奥様は幸運の女神様と言われていますよ」

「まあ、そんな」

（幸運どころか実力だ）

腕組みをしたままアランは心の中で呟いた。

マデレーネの武器は心の美しさだけではない。農業や畜産、ノシュタット領の詳細な地理に生産物、さらには周辺領の経済まで膨大な情報を把握する能力である。

ノシュタット領の発展は彼女が嫁いだことによって速度を増している。

（彼女のこの優秀さを知っていれば、王家は手放すことなど考えなかったはずだ）

管財人の言うとおりだった。マデレーネを自由にさせておけば、ノシュタット家が王家に支払った〝支度金〟など、数年で取り戻せる。

いずれ王家は彼女を取り戻そうとする。アランよりも位の高い貴族たちがこぞって彼女を求める。それなのに、彼女だけがそのことに無自覚なのだ。

「アラン様は、領民の皆様にも愛されておいでなのですね」

てらいのない笑顔でそう言われて、頬の熱は勝手にあがってしまう。

「――あなただって」

つい、本音がアランの口からこぼれた。

「城じゅうの使用人も、領民も、あなたと会えば皆があなたを慕う。あなたはご自分の価値をご存じない」

　八つ当たりまがいの恨みが腹の底から湧きあがる。

「誰もがあなたをそばにと望むのですよ。……俺よりもずっとあなたに相応しい男だって」

　本来のマデレーネは選ぶ側の立場だ。

　不運な身の上がなければ、アランが選ばれる可能性などないに等しい。

（俺の気も知らないで……）

　北部領の貴族たちと同じように、アランだって身分に囚われている。王女と釣りあうわけがないと自分が一番わかっているのだ。

（情けない……）

　無言のままのマデレーネに、さぞや呆れられただろうとアランは視線を向ける。

　そして、息を詰めた。

「……！」

　マデレーネの頬が林檎のように染まっている。

「あの……ありがとうございます。お褒めにあずかり光栄です」

「は……？」

　予想していなかった反応にアランは一瞬呆けた。それから自分が先ほどなにを言ったのかをよくよく思い返し、

「……!?」

声にならない驚愕が走った、と同時に、馬車は停まった。

「つきましただよ！　旦那様、奥さ……ま……？」

不思議そうに首をかしげるユーリアに、アランのみならずマデレーネもなにも答えられない。喧噪のせいでふたりの会話は周囲には聞こえなかったらしい。

真っ赤になったままの子爵夫妻を劇場の入り口に置いて、馬車は城へと戻っていった。

使用人のための控えで劇を鑑賞しつつ、ユーリアは感心していた。

すべてがスウェイの言ったとおりだ。

今朝、届いたチケットを書類に挟み、マデレーネの身支度の前にユーリアを呼び出して、馬車停めでふたつの馬車を交互に指し示しながらスウェイは言った。

「いいか、行きはこの馬車、帰りはこの馬車を使う。おぼえておいて、旦那様と奥様を誘導してくれ」

「はい！　んでも、なして馬車を換えるんですだ？」

「行きは人通りの多い時間だ。旦那様と奥様の姿を領民たちに見せ、外堀を埋めさせる」

なるほど、と頷き、ユーリアは帰りの馬車を見た。屋根付きのしっかりとした造りだ。窓にはカーテンもおりるようになっている。

「あのチケットは恋愛劇の芝居だ。帰りの馬車はふたりきりでゆっくりと語りあわせたほうがいい。外から見えないようにしてな」

「すげえですだ、スウェイさん……‼」

「それから君は絶対に馬車には乗らないこと」

「はい、そんな図々しい真似はしねえですだが……」

「奥様から誘われてもだ。君がいたら君と話が盛り上がってしまう。なんせ恋愛劇なのだから」

「はああ、スウェイさんはすげえお人だ」

　心からの称賛に、スウェイはわずかに頬を染めたが、ユーリアは気づかなかった。

（スウェイさんの言うとおりだったべや……‼）

　観劇中の主人夫妻の様子をうかがえば、ふたりは舞台に集中しているようでいて、ちらちらと互いに視線を送りあっては頬を染めている。意識しているのが丸わかりだ。

　劇は騎士と姫君の物語だった。永遠の愛を誓った騎士が不遇の姫君を陰ながら助け、終幕でようやくふたりが顔をあわせたとき、姫君はこれまでの騎士の助けを悟る。

「あなただったのですね……‼」

　涙ながらに騎士の胸に飛び込む姫君の表情が胸を打つ。

　恥ずかしながらボロ泣きをしてしまったユーリアは、目を腫らしながら主人夫妻を迎えに出た――こんなに素敵な恋愛劇を見ては、アランもマデレーネもさぞかし気持ちが盛り上がっただろうと期待しながら。

　帰りの馬車で、赤くなった目元をハンカチで押さえつつ、マデレーネは眉をさげた。

（アラン様のご機嫌が悪いわ……）

ユーリアほどではないにしろ、マデレーネも感動した。と同時にスウェイがこの芝居を手配した意図もわかってしまって、とても気恥ずかしかった。

アランとマデレーネが過去に出会っていたことをスウェイは知らない。それでも姫君を守ろうと奔走する騎士にアランを重ねて、彼の真心をマデレーネに訴えかけたのだ。

（スウェイのやつ、余計な節介を……）

隣に座るアランは、腕を組んでむっつりと黙り込んでいる。

外はもう暗い。いっしょに馬車に乗ったらどうかとユーリアに尋ねたものの、なぜか全力で固辞されてしまった。

（昼間は褒めてくださったのに）

アランの台詞を思い出したマデレーネは頬を染める。

（あのとき——アラン様はどんなお顔をされていたかしら）

今のように少しぶっきらぼうで、拗ねたような表情だった気がする。それを確かめたくて、マデレーネはちらりとアランに視線を送った。

その瞬間、アランの視線がマデレーネに向いた。

絡みあった視線にふたりは一瞬釘付けになり、すぐにぱっと顔をそむける。

（どうしてかしら、言葉が見つからない……）

話しかけようとすればするほど、心臓がどきどきと騒がしくなる。さらりとした黒髪や、意志の強い瞳、いつもの手袋に隠された手や、あの日マデレーネを抱きしめた腕を、今さらながらに意識してしまう。

「……今日は、妙なことに付き合わせてしまって申し訳ありません」

ぼそりと呟いたアランに、飛びあがりそうになる内心を隠してマデレーネは首を振る。

「いいえ、楽しいお芝居でした」

「ならよかった」

「はい」

「……」

マデレーネはほほえむものの、そこからの会話が続かない。ふたたびの沈黙にアランは咳払いをする。

「あの、先日はお恥ずかしいところをお見せしてしまいまして……」

今度口火を切ったのはマデレーネだった。

「いいえ」

先ほどのマデレーネと同じように否定の言葉を口にして、結局続かない会話に馬車内の空気は重くなる。

「でも……」

マデレーネは不安げにアランの表情をうかがっている。

(アラン様はまだわたくしに接することを避けていらっしゃるわ)

今日一日の楽しかった思い出が急に遠く感じられて、マデレーネは肩を落とした。

（あんなはしたないことをしてしまったのだもの、当然よね……）

それはアランの胸であられもなく泣いてしまったせいなのだと、マデレーネは思い込んでいる。感情を爆発させた自分に、アランは接し方を悩んでいるのだろう、と。

（お仕事のことなら会話が続くもの）

資料の内容に関して質問をしたり、領地の開発について意見を交わしたりはできるのだ。相対するものがマデレーネ本人になった途端に、アランはよそよそしい態度になってしまう。

一方、アランも、おそらくスウェイやベルタが聞けば「旦那様もついに女心がわかるようになったのですね」と涙ぐんでしまいそうな鋭さで、マデレーネの内心を察していた。

（俺の態度のせいで、落ち込んでいる……）

だが、どうすれば正解なのかが、アランにはわからない。

「……あなたの望む態度をとれていないことは、理解しています」

言ってしまってから、「言い方が悪い！」と怒るベルタが想像できて、

「あなたは悪くありません。俺の問題です。俺が妙な態度をとるからあなたが困っている」

これで伝わってくれと願うアランの本心とは裏腹に、顔をあげたマデレーネはじっとアランを見つめる。

「そんなふうにおっしゃらないでください。わたくしにも原因があるはずです」

「……いえ」

　真剣な眼差しに、アランは頭を抱えたくなった。生真面目な彼女は、今度こそアランと距離を縮めたいと願ってくれているのだが、その先になにがあるのかはわかっていない、と思う。

「あなたが気にする必要はない。俺が答えを出すべきことなのです」

「申しあげたはずです。アラン様の大切なものを、わたくしにも守らせてくださいと――」

　身体ごとアランを振り向き、マデレーネは必死に訴える。万事休すだとアランは馬車の屋根を仰いだ。

　ガタン、と大きく馬車が揺さぶられたのは、そのときだった。

「きゃっ⁉」

「危ない‼」

　咄嗟にマデレーネの腕を引き、御者側の窓へぶつかりそうになった身体を抱きとめる。

「旦那様、奥様！　大丈夫ですだか⁉　でっけえ石があって……‼」

　外からユーリアの声がかかった。

「ああ、問題ない」

　アランが答えると馬車はゆっくりと動き始める。

　ほっと息をつき、マデレーネの無事を確かめようとして――アランはぴたりと硬直した。

　腕の中のマデレーネは真っ赤になってアランを見上げている。ふるえる唇は感謝の言葉を紡ぎたいのだろうに、それもできないらしい。

「――……」

考える前に身体が動いていた。

編み込んだ髪を撫で、月明かりに輝く金髪に指先を通すと、身を屈めて額に口づける。

「こういうことですよ」

「アアアアラン様⁉」

彼女らしくなく取り乱した声をあげるマデレーネに、アランは髪をかきあげ、拗ねたように言う。甘い苛立ちを含んだ視線がマデレーネを射抜く。

「あなたへの気持ちを表に出していいのですか？　愛していると言っても？　誰にも渡したくないと抱きしめても？」

「……‼」

「〝友達〟にはなれませんよ、俺は」

夜目にもわかるほどマデレーネは顔を赤くする。耳の先から先ほど口づけた額まで染まったのを見て、ざわめいていた感情はすとんと静かになった。

自分が無意識に恐れていたものはこれかと合点がいく。

「わかったでしょう。俺に心を落ち着ける時間をください。……あなたを困らせたくはない」

抱きしめていた腕を広げて解放してやれば、マデレーネはそっと身を引いた。

だが、できてしまった距離を寂しいと思う間もなく、

「それは……」

マデレーネの手がそろりとアランのジャケットの裾をつかむ。

「とても、嬉しいことのように思います……」

「――――!」

見上げる瞳は青く潤み、それとは正反対に、染まる頬は熟れた林檎のように赤い。

その熱がじわりじわりとアランにも伝わってきたような気がした。


ユーリアが馬車のドアを開けたとき、主人夫妻は小さく礼を言うとそそくさと城へ入り、そのまま別々に寝室へ引きあげてしまった。

寝支度をしているあいだもマデレーネはなにも言わず、眉を寄せてどうしたらいいのかわからないといった表情をしているから、ユーリアもどうしたらいいのかわからなかった。

翌朝もアランとマデレーネは言葉を交わそうとせず、ユーリアは気を揉んだのだが。

スウェイが「完璧に成功だ」と満足げに頷いていたので、その言葉を信じることにした。

◆◇◆

マデレーネの話を聞き、ヴェロニカは目を輝かせてよろこんだ。

「では、ご主人とお話ができたのですね」

夫婦の問題だから詳しいことは尋ねないにしろ、過去のわだかまりが解け、ふたりの時間をすごし、互いの気持ちを確認しあった――というふうに、ヴェロニカは受けとった。

しかしマデレーネは俯いて、両手を膝の上で握りしめている。

「浮かれている自分が恥ずかしくて、アラン様のお顔が見られないのです……」

今日もアランは朝早くから見まわりに出てしまった。ユーリアはぶうぶうと文句を言っていたが、いまやアランの気持ちもよくわかるようになってしまったマデレーネは、顔を赤くしてユーリアをなだめることしかできない。

アランがマデレーネを避けたのは、みっともない泣き顔を見て呆れたからではなく、どのようにマデレーネへの恋心を処理すればよいのかわからなかったからだ。

(そんなアラン様を引き留めるなんて、わたくしにはできないわ……)

唇を引き結んで顔を赤らめるマデレーネに、ヴェロニカはドレスの上から胸を押さえた。

(ういういしすぎる……!)

「ヴェロニカ様？　どうされましたか？」

「いえ……っ‼」

心配そうなマデレーネに顔を覗き込まれ、ヴェロニカは首を振った。

マデレーネに出会ってから、心が若返ったような気がする。誰かの恋路を応援するなど考えられなかったことだし、変化は自分自身にも起きていた。

サン゠シュトランド城から戻り、リルケ子爵と向きあったヴェロニカは、思いのたけをぶちまけた。

「マデレーネ様。わたくし、主人に言ってやりましたの。あなたのような冷淡な方とはもう暮らしていけない、と。そうしたらあの方ったら、顔面蒼白になって……」

豹変した妻の態度に驚き、リルケ子爵はいったい自分のなにが悪かったのか、と涙を浮かべたという。

思いがけぬ反応に積もりに積もった鬱憤を爆発させつつよくよく話を聞いてみれば、事の発端は嫁いだばかりのヴェロニカの一言だった。

『早くリルケ家に馴染みたいわ。いけないところがあったらなんでも教えてくださいませね』

快活で努力家なヴェロニカの性格を知っていた夫は、妻が北部の礼儀作法を完璧に身につけることを望んでいるのだと思った。実際ヴェロニカはそうなったのだ。

従順な妻の役割をこなしながら彼女が苦しんでいたことを知ったとき、子爵は涙を流した。

「わたくしたちこそお恥ずかしい夫婦ですわ。わたくし、目の前の雲が晴れたみたい。でも今まではどんよりと曇っていることすら気づきませんでしたの。自分では快晴のつもりでしたわ。ねえ、マデレーネ様――」

少女のような笑みを浮かべ、ヴェロニカはマデレーネの手をとった。

「浮かれるほど幸せ。なんてけっこうなことでしょう。マデレーネ様はもっとわがままになってもよろしいのですわ。わたくしはマデレーネ様が幸せそうにしているところが見たいのです」

「ヴェロニカ様」

「マデレーネ様ならゆるみっぱなしのお顔でもかわいいですもの」

頰に手をあててほうっと息をつくヴェロニカに、マデレーネは目を瞬かせた。そんなふうに言われるなんて思ってもみなかったのだ。

「わたくし、晩餐会が楽しみですのよ。その幸せっぷり、皆様に見せつけてくださいな」

晩餐会はあとひと月に迫っている。手配はほとんど終わり、あとはアランとマデレーネの衣装を揃え、もう一度招待客の確認をするだけだ。

ヴェロニカの言葉は、マデレーネに夢を思い出させた。

晩餐会にマデレーネが望むこと。それは――。

「ありがとうございます、ヴェロニカ様」

ヴェロニカの手をぎゅっと握り返し、マデレーネは迷いの晴れた笑顔を返した。

◆◇◆

翌日の夕食で、席についたアランは、なんともいえない自己嫌悪に陥っていた。

勢いでマデレーネに想いを伝えたうえ、色よい返事がもらえたというのに、やはりどうしていいかわからなくなって巡回の名目で逃げてしまった。これでは以前となにも変わらない。

アランがそんなだから、マデレーネも気負った表情になってしまっている。なにか話しかけなければと思うのに、用意していた話題はことごとくつまらないものに感じられ、無言で前菜を食べ進めるだけ。

そんな沈黙の食堂へ、リュフが料理を運んできた。あとにはヨハンも続く。

「旦那様、奥様、いい雰囲気のところ失礼します」

（これがいい雰囲気に見えるのか、お前は）

　にやけた笑みを浮かべるリュフへ、声に出せない恨み言を胸中で呟く。リュフの背後で微妙に眉を寄せているヨハンも同じ気持ちらしい。

　二方向からの冷たい視線には動じず、リュフは料理の皿をアランとマデレーネの前に置くと、銀の覆いを取り去った。マデレーネの瞳がきらきらと輝く。

「まあ……」

　アランもまた、驚きを隠すことは難しかった。

　焼けたチーズの重厚な匂いに、嗅ぎ慣れぬ香ばしい匂いが重なる。

「これは」

　漏れる感嘆の声にリュフはにんまりと笑みを深くする。

「どうですか、旦那様、奥様。リルケ夫人にも合格をもらったんですよ。当日はこいつを殻付きで盛り付けて――」

「待て、どうしてリルケ夫人が出てくるんだ」

　思わずリュフの言葉を遮ってしまうほどに、飛び出した名は不可解だった。

　リルケ夫人といえばセルデン伯爵取り巻きの中心人物のひとりであり、たまにしか出ない社交場でもアランのことを親の仇とでもいうように睨みつけてくる苛烈な性格で、誘ったとて城へ来るような人物ではない。

「お友達になりましたので」

「お友達に？」

あっさりと答えるマデレーネに、直前までの気まずい空気を忘れて鸚鵡《おうむ》返しに尋ねる。

「昨日も遊びにいらしてくださいました」

「遊びに……」

アランが寝込んだ日、リルケ夫人が押しかけてきたのはあとから聞いた。マデレーネのあしらいで問題になることなくお帰りいただいたとも報告を受けていた。

しかし昨日またノシュタット領を訪問していたとは、アランにとっては初耳だった。

「申し訳ありません。お手紙が届いてすぐの訪問で、アラン様にお伝えできませんでした」

「城を留守にしてばかりで奥様とお話ししていないからじゃないですか、旦那様」

茶々を入れるリュフをアランは横目で睨みつけるが、反論はできない。

「それにしても、リルケ夫人とは。あなたは本当に驚くことばかりする」

――あなたがなにをしようが、誰と付き合おうが口は出しません。

マデレーネが嫁いできた日に自分の言い放った台詞を思い出し、アランは頭をかいた。もちろん、いちいち報告しろと叱る気はない。リュフの言うとおり自分が城にいなかったのが悪いのだから。

「さあ、冷めないうちに召しあがってください」

促されて食卓に意識を戻す。湯気を立てるそれをひと口ほおばり、アランが表情を和《やわ》らげたときだった。

「わたくしも、皆さんに負けていられません」

　吹っ切れた表情のマデレーネが宣言する。と、青い瞳はひたとアランを見据え、

「アラン様、このあとお時間をいただいてもよろしいでしょうか？」

　使用人たちが「奥様はたまに迫力がある」と言っていたことをアランは思い出した。

「……はい」

　会話がないと指摘されたばかりの彼には、それ以外に返せる答えはなかった。

◆

　夕食後、マデレーネの部屋を訪れたアランを見て、ユーリアは飛びあがってキッチンへ行くと、軽食と紅茶の用意を整えてきた――そこまではよかった。

「ごごごごゆっくり！」

「待て！　なにか勘違いをしていないか」

　緊張した笑顔で部屋を退出するユーリアに、アランの制止は聞こえていなかった。

　マデレーネは侍女の不可思議な行動に首をかしげている。

「そこまで秘密のお話ではないのですが」

「はあ……で、話というのは」

　ユーリアの勘違いを説明してやる気は起きず、アランはマデレーネの座った向かいのソファへ腰をおろす。

　部屋に入るのは手袋をもらったとき以来。マデレーネに呼ばれたのは初めてだから、重要な要

件であろうことは察しがついた。そしてそれは正しかった。

「わたくしには、夢があるのです」

「なんでしょう？」

マデレーネの視線は芯を持って力強くアランを見つめる。そわそわとしたものを感じながらも、アランは尋ねることしかできない。

そんなアランに——今度はにっこりと深い笑みを浮かべ、マデレーネは自分の顔を両手で示して見せた。

「アラン様に笑っていただくことです」

「……」

「……」

「……」

「……だめですか？」

マデレーネの眉がしょんぼりとさがる。

「先日は笑ってくださったではないですか」

「……何か月前の話ですか……」

羊のベッドの話を聞かされ、思わず噴き出してしまったのはまだ冬の日のこと。

「あまり、笑うことは得意ではないのです」

正しくは、得意ではなくなった。十二歳で当主の座を受け継ぎ、歯を食いしばり続けてきたアランにとって、他人の心を慮り愛想笑いを浮かべるというのは、あまり気持ちのいいものではなかった。

　思い出を取り戻したマデレーネの瞳には、屈託なく笑えていたころの自分が映っているのだろうとアランは思う。けれど今は。

「……アラン様は、許すことができませんか？」

　マデレーネの言葉に、アランは視線を逸らした。

　誰をとも、なにをとも、マデレーネは言わない。ひとつひとつ挙げていくには数が多すぎる。若くして領主となったアランに、救いの手を差しのべるどころか、嘲りを投げたこと。復興したノシュタット領を妬み、〝成り上がり〟と呼んだこと。夜会や晩餐会で敵意の視線をぶつけてきたこと。セルデン伯のように、笑顔の裏でアランを陥れようとすること――。

　そのうえ今度は、マデレーネまでをも標的にした。

「許せというのですか」

　彼らも、彼らのしたことも、すべて忘れろというのか。

「いいえ」

　アランを見つめたまま、マデレーネは首を振る。

「それを考える場にしませんか、アラン様」

「……？」

「招待状をお出しした皆様が、本当にわたくしたちと相容れない方々なのか、それともお話をすればわかりあえる方々なのか。晩餐会で考えてみるのです」

　マデレーネは変わらぬほほえみを浮かべている。その笑顔にエリンディラ王妃の笑顔が重なった。相手を信じきった慈愛のほほえみ。

「そうでなければ、いつまでも同じことです。互いに相手が悪いのだと言いあって、反目し続けるばかり」

「それで……どうするのですか。相手が聞く耳を持たなければ。相手から出てきた言葉が自分を傷つけたら。相手が笑顔を見せながらこちらを裏切ったら？」

　和解とは、互いに一定の信頼があるからこそできるものだ。信頼なく紡がれた言葉や、信頼なく結ばれた約束を、誰があてにできるというのだろう。

　だからこそアランは周辺領との交渉を最低限に抑えてきた。意味がないと思ったからだ。こちらが真心を見せれば相手も真心を見せると、理屈のすべてを人間の対等さに置いていては、一方的に傷つけられ裏切られるのはノシュタット家の側になる。

　だがマデレーネは動じなかった。

「裏切られることはないと思いますわ」

「……？」

　思わぬ反論にアランの動きが止まる。

「ヴェロニカ様のお話では、セルデン伯爵のサロンを訪れる顔ぶれは多く見て十数名ほどだそうです。爵位を持つ方やその奥様がほとんど。一方わたくしどもが晩餐会に招待したお客様はその四倍にあたり、かつ貴族階級でない方も多数含まれます。商会や組合《ギルド》の方々です」

「……そうですね」

　招待客のリストはマデレーネが作成し、アランも目を通した。周辺領の主だった工商人たちも呼ばれており、中にはアランの知らない商会や組合《ギルド》もあった。

　かつ、マデレーネは領地経営において、アラン以上の才覚を持つ。会話の機会さえあれば、目ざとい商人たちはそれを見逃すまい——と、そこまでマデレーネは考えていないだろうが。

　彼女の態度が、ひたすら相手におもねるものではないことはたしか。

「いくら上に立つ者が旗を振ろうと、実際に働いて富を生み出している方々がそのとおりに動くとは限らない。だからアラン様も巡回を欠かさず、できるだけ領地の実情を知ろうとしていらっしゃいます。逆を言えば——」

　ほんの少し照れくさそうにマデレーネは咳払いをした。

「彼らを味方につけることができれば、領主といえどもノシュタット領をないがしろにする政策はとれません。それに我が家には今ヨハンがおります。王都との販路を開拓し、これまで北部領には届かなかった交易品を仕入れています」

「……他領を拠点とする商会は、俺と話をしたがるでしょうね」

　お抱えの商会が目の前で懐柔されたとなれば、領主たちもアランを無下にはできない。

「そんなときに主人がしかめ面をしていらっしゃるのと、お客様を迎える心でにこやかにしていらっしゃるの、どちらがよろしいでしょう？」

にっこりとほほえみ首をかしげながら、マデレーネはまた自分の顔を指さした。

答えは明白だ。

「アラン様、社交とは、いらした方々を理解するための場なのですわ。そのためにはこちらがまず真心をもって接しなければなりません。始まる前からなにもしないことを決めているなど、わたくしの晩餐会では許しません」

笑顔からうってかわって、腰に手を当て、背伸びをしながら、マデレーネは言った。眉は寄り、口はへの字に引き結ばれている。

（まったく怖くはないが……）

おそらくはそれが彼女の精いっぱいの虚勢。自分を大きく、恐ろしげに見せる術など、彼女は知らない。

だが、そんな小手先のものではない器の大きさを、アランは感じとった。

「あなたは、戦う気なのですか」

「仲直りの前には、頬を叩かれることもあるということです」

それでも矢面に立つには勇気がいる。アランだって強い人間だと自負している。だが人の悪意にさらされることを自ら望むほどではない。

（勇気――そうか）

――会って話をすればわかるじゃない。

疑いを知らぬ声がよみがえる。

あの日のマデレーネはただ純真なだけだった。だが今のマデレーネは悪意の中にある心を信じている。悪意に落ちて道を見失った者が、それでもかつては持っていたはずの真心を。

「……そのために、俺の笑顔が必要なのですね？」

媚びる笑顔ではなく、心を開くための笑顔が。

「はいっ！」

問えば、伝わったのだと知ったマデレーネはよろこびに目を輝かせた。両手を握りあわせ、飛び跳ねんばかりの笑顔を見せる。

「それに、アラン様がどれほど素敵な方か、皆様に知ってもらいたいのです」

「な……ッ」

「誰だって、好きな方のことは自慢したいのですわ」

ずどん、と胸に矢を射られたようだった。

これまでで一番の笑顔で見つめられて、アランの頬が染まる。こういった表情も、関係を築かなければ見ることはできない。

「わかりましたよ……完敗です」

アランはため息をついた。

マデレーネは正しい。儀礼上仕方なく披露目の晩餐会を開き、嫌々ながら客をもてなしたというのなら、それはセルデンたちの形式主義と変わるところがない。

なによりアランは、己の本当の願いに気づいた。

できるなら、身分をのりこえ、マデレーネに相応しい伴侶でありたいと。

「ただし俺は本当に笑うのが苦手です。社交の場も嫌いです。マナーは知識として知っていますが、タキシードに身を包んだことは数回しかありません。いいですね？」

「ええ。なんのためにわたくしの部屋にアラン様をお呼びしたと思っているのですか」

並みの家庭教師なら顔が引きつりそうな申告だが、マデレーネは自信に満ちた顔で胸に手を置いた。

「わたくしの部屋には姿見があるからですわ。これで全身のチェックができます」

指さす方向に視線を向け、アランはそこに無表情な己を見た。笑顔だけではない。不安も恐れも、ありとあらゆる感情を表に出さぬよう自分を律しながら生きてきた男の、完成された鉄面皮がそこにはあった。

我ながら、この男がにこやかな表情を浮かべるとは思えない。

（……早まっただろうか）

そんな不安が脳裏をかすめたものの、マデレーネの特訓は幕を開けたのだった。

第六章◇晩餐会

常春の国の北部では、長い春が穏やかなそよ風で樹々をざわめかせていた。馬車道の両脇には色とりどりの花が咲き、動物たちも顔を覗かせる。

マデレーネの輿入れから半年、披露目の晩餐会が数日後に迫っていた。

主だった仲間たちと誘いあわせ、セルデン伯爵はノシュタット領へ向けて移動の中途にいた。彼にとっては待ちに待った、といってよいだろう。いち早く王都との縁を結んだ自分をさしおいて北部交易の覇者となったノシュタット家を、彼はこの十年来ひそかに目の敵にしていた。その牙城がついに崩れ去るのである。

王女を迎え、経済のみならず地位すらも北部領で突出せんとするノシュタット家は周辺領主の反感を買う。そうなれば、交易の断絶を周囲に呼びかけることは容易《たやす》い。そうなれば――とセルデンはさらに想像を逞《たくま》しゅうする。

ノシュタット領に潜ませた部下たちが商人の反発を煽る手筈《てはず》になっている。領主のせいで交易が断たれたとなれば、かの家は苦境に立たされる。領主であるアランさえ廃すればあの家に跡継ぎはいない。浮いた領地の管理を、王家はセルデン家に任せてくださるはずだ。

（さらには、領地だけでなく、夫を失った美貌の王女も……な）

下卑た笑みが唇の端に浮かぶ。

「ここ一番の役目は、君に任せるよ、ゴード男爵」

「は、はいっ」

「うまくいけば君にも便宜を図ろう。わかるね」

隠しきれぬ歪んだ笑みを、不安げな顔つきで見つめるのは、同乗を許されたゴード男爵であった。

セルデンらの馬車から二台先、大鷹の紋章付きの馬車でも、晩餐会を心待ちにしている人物がいた。

リルケ子爵夫人ヴェロニカだ。

すっかりマデレーネと意気投合した彼女は、友人としてサン＝シュトランド城を訪れながらも、夫以外に訪問を告げることはなかった。マデレーネの言うとおり、セルデン伯爵たちを説得することは不可能だろうと考えたからである。

自分のように、マデレーネに直接会い、彼女のもてなしを受けなければ、凍った心を解かすことはできない。

（マデレーネ様にお会いになれば、皆様もきっと……）

照りつける日差しを窓越しに浴びながら、ヴェロニカは思った。それほどまでにマデレーネの心は温かい。王都で常春の姫君と呼ばれていたのはこのことだったのだ。

「楽しそうだね」

「ええ、もうすぐですもの。あなたも驚くでしょうね」

このところすっかり丸くなったリルケ子爵もヴェロニカの笑顔にほほえみを浮かべる。

セルデン伯爵に付き合って過激な意見にも頷いていただけで、どちらかといえば日和見的な性格なのだというのは結婚して二十年で初めて知った。近頃では、物事をはっきりとさせたい自分に無理をしてあわせていたのかもしれない、と気遣う余裕までヴェロニカには生まれた。

馬車のすぐ近くをツバメが二羽、からかいあうように飛んでゆく。留守がちなノシュタット子爵に会ったことはないが、あの二羽のように睦まじくあればいいと彼女は思った。

「それにしても、結局、借金とはなんだったのかしら……？」

セルデン伯爵が言っていたマデレーネの巨額の借金。それを肩代わりして返済したのがノシュタット子爵だという。

「王家の借金のことかい？」

答えを期待せぬ呟きに、意外なところから返事があった。

顔をあげれば夫が困ったように口髭をいじっている。

「そういえばあなたは王家出納役を預かっていたのでしたね」

そんなことも、今の今まで忘れていた。飢饉の前後にほとんど領地へ戻らなかった恨みは鮮やかだったというのに。

「なにか知っていることがおありですか？」

「ああ――」

夫人のまっすぐな眼差しに、リルケ子爵は目を泳がせつつ、口を開いた。

◆

一行がノシュタット領へ足を踏み入れたあたりで、夕闇が彼らに追いついた。アランの命令で領内の全土には領外からくる招待客を歓待するよう準備が整えられている。

ノシュタット領南端の宿場町で貴族たちは腰を落ち着けた。

「遠くからご苦労様でございます」

にこにこと愛想のよい宿の主人に迎えられ、それぞれが部屋へと案内される。

通された部屋は彼らが領地に持つ屋敷の客室にも劣らない豪奢な部屋だった。広く、調度はしっかりとした造りの北部のもので揃えられ、明かりはふんだんに灯されている。

町で一番の宿屋とはいえ、ここまでなのかと貴族たちは目を見張った。

この部屋はそのまま、ノシュタット領の権勢を表している。

「宿代など頂戴しませんから、どうぞごゆっくりおくつろぎくださいませ。アラン様はこんなに小さいころからようく知っておりますからね、我々にとっても祝い事です」

手で自分の腰あたりを指し示しながら主人は言う。

その言葉に貴族たちはまた衝撃を受けた。

末端の平民が領主の名を知っているということは、通常ありえない。

自らの馬車を持ち国内を様々に移動できる身分の者は限られていて、それ以外の者は住む場所から出たことすらないのだ。彼らにわかるのは自分たちが住む町の役人だけで、その上の者といえば〝領主〟という漠然とした肩書を知るだけの存在。――の、はずだった。

ノシュタット領の領民たちは、アランの名を知り、顔を知っている。アランに親しみを感じている。

（こやつらはわたしを領主とは認めないだろう）

セルデンの感じた危機はそれであった。

アランさえ退ければノシュタット領は崩れ、自分の手に入るものだと思っていたセルデンにとって、この問題は脅威である。ノシュタット領の主に収まったところで、領民たちが自分を認めないのであれば、暴動が起こるかもしれない。鎮圧には金がかかる。むしろセルデン側が先に金を使い尽くすこともありえる。

（いや、いざとなれば公爵閣下が……王太子殿下が、きっと手を貸してくださる。それに、ノシュタット家にはもう金はない。領民たちも多くの税をとられているはずだ）

そんな内心の焦りを知らず、ヴェロニカは宿屋の主人とおしゃべりに興じている。

「お父上様の手袋をつけられてね、同じ馬で、同じ馬具で……あの小さいころのお姿を見ておりますから、今度の祝いはそれはもう、我々も心躍るというもの。できるなら城まで行きたいくらいなのですよ」

「そうですの。アラン様はよい方のようですね」

「ええ、いらっしゃる客人のためにと、街道の整備もされているのですよ。この町からサン＝シュトランド城まで、舗装された道をゆくことができます」

「サン＝シュトランド城まで……⁉」

　貴族たちはふたたびざわめいた。

　交通網の発達もまた、領地の繁栄を表す指標である。街道の整備は投資であり、財のない領主には不可能。城のある都市の中をこぎれいに作ったとしても、領地内に街道を張りめぐらせることは難しい。

　その街道が、マデレーネの生みだした余剰をアランが無造作に投資したものだと知れば、驚きはさらに倍になっただろう。驚かないのは、すでに城を訪れ工事を見知っていたヴェロニカだけだ。

「ますます交易も盛んになるでしょうね」

「はい。ありがたいことです」

　ヴェロニカと宿屋の主人の会話を聞きながら、彼女以外の貴族たちは冷や汗をかいていた。

　交易の後押しのほかに、街道にはもうひとつの側面がある。

　有事の際に、すばやく兵を動かすことができるのだ。

　ノシュタット家とほかの家がぶつかった場合、ノシュタット家の援軍はすぐに到着するだろう。

　それはセルデンが恐れた暴動の場合も同じである。

　ひとつの町で領民たちが蜂起すれば、セルデン領から鎮圧のための軍隊を送り込む前に、各地から蜂起した民たちが集結する。

この分では情報伝達も素早く行われているのだろうとセルデンは思った。

（もしかして我々は、とんでもない相手に喧嘩を売ろうとしているのでは……？）

背筋を伝う汗を感じながら、貴族たちは暗澹《あんたん》たる思いでそれぞれの部屋へ散っていった。

サン＝シュトランド城到着までの数日間、こんな思いをし続ける羽目になろうとは、このときの彼らにはまだ知る由もなかった。

◆◇◆

ノシュタット領から遠く離れた王都では、イエルハルトがワイングラスを傾けて薄笑いを浮かべていた。

「そろそろ晩餐会も始まるだろう。セルデンからの手紙では、晩餐会の場でノシュタット家を糾弾すると……ふふ、結果が楽しみだな」

カイルは何も答えない。そんな自分の態度もイエルハルトを楽しませるとわかっているからこそ、腹が立って仕方がなかった。

今夜は星が少ない。窓の外の満月は、明るすぎる輝きで周囲の星々を霞ませてしまう。胸騒ぎがした。晩餐会でアランとともにマデレーネが糾弾されるからだろうか。それとも……。

無言で礼をとり部屋を出るカイルを、イエルハルトの笑い声が蛇のように追いかけてくる。

逃れようと足を速めたカイルの前に、ひとりの侍従が飛び出してきた。

「お伝えします！　国王陛下が目を覚まされて、お話を……！」

「父上が⁉」

「はい。皆様をお呼びです。急ぎ知らせなければと」

カイルは走り出した。病状の進んだ国王は一日のほとんどを昏睡状態ですごし、目を覚ましたとしても意識は朦朧としている。会話ができることは稀だった。病床の国王を毎日見舞うのはカイルと、王宮にいたころのマデレーネだけで、イエルハルトは同じ王宮に住んでいるというのに顔を見ようともしない。

「父上！」

駆けつけたカイルに国王は振り向いた。

痩せこけた青白い顔。けれどもベッドに身を起こした王の青い目ははっきりとカイルをとらえ、口元にはわずかな変化があった。

（笑ってくださった）

それだけで涙が滲みそうになる。マデレーネがいなくなってからというもの、カイルの周囲からは徐々に人が減っていった。自分の次に王位継承権を持つ弟が万が一にもおかしな気を起こさぬよう、イエルハルトが手をまわしたのだ。

仲のよかった貴族子息や侍従たちは皆、王宮を追い出された。マデレーネもこのようなつらさを抱えていたのだとカイルは思う。

「カイル……」

枯れ枝のようになった手が頭を撫でる。

「父上……申し訳ありません。マデレーネは……マデレーネは、わたしが父上のお言いつけを守れなかったせいで……」

声をふるわせるカイルに国王はなにがあったかを悟った。

もとより、マデレーネが王宮にいるならば、カイルとともに駆けつけるはずなのだ。

「そうか……マデレーネはどこへ？」

「ノシュタット子爵家に嫁ぎました。王家の借金と引き換えに……」

「ノシュタット……北部領の家か」

国王はため息をついた。そこに安堵が含まれている気がしてカイルは顔をあげる。

「ならよい」

もう一度、こぼれ落ちるような吐息とともに王は頷いた。カイルにとってみれば驚きの言葉だった。

「よい、とは？」

「ノシュタット子爵なら、息子のアランであろう。彼はマデレーネを手荒に扱わぬ」

「……かの者を、ご存じなので……？」

「会ったことはないが、エリンディラから話を聞いた。……わしがマデレーネを政略の道具に使わぬように命じたのはな、カイル。あの子の価値に気づく者がいれば、国が荒れるからだ」

「……!?」

「あの子は聡明な子だ……しかし無欲だ。だから穏やかな暮らしができていた。しかしあの子が持つ知識や能力……なにより純粋すぎる心。それに気づき、悪用する者が現れたとき、国は必ずや荒れる。だから……」

　ぐっと痩せた胸がせりあがる。身体を丸め、大きな咳を繰り返す国王の背を支えながら、カイルは父の言葉に混乱していた。

　父の知らぬあいだにイエルハルトに虐げられ、満足に食事すら与えられず、ぼろのようなドレスをまとっていたマデレーネ。それが穏やかな暮らしだとは到底思えない。だが不安を語る国王の声色はそれ以上の恐れをまとっていた。

「父上、大丈夫ですか」

「あの子が北部領で、小さな子爵家で暮らすならそれもよい。あの子が幸せならば」

「幸せだ、と……手紙にはありました。使用人たちとも仲良くやっているようで……あの家にずっといたいと……」

「そうか。中央から離れたことはよかったのかもしれぬ」

　国王は安心したように目を閉じた。身体をベッドに横たえ、ほほえみを浮かべる。

「さあ、カイル。マデレーネばかりでなく、次はお前の話を聞かせておくれ」

（マデレーネは穏やかな暮らしを送れないのです、父上。兄上はあの子を苦しめようとしてしまう）

　喉まで出かかった言葉を、カイルは呑み込んだ。

　マデレーネからの手紙には、子爵家での暮らしがどれほど充足したものであるかが綴られていた。できればずっとここにいたいのだと、マデレーネは願っていた。カイルが手を尽くしマデレーネを王宮に戻したところで、ノシュタット家以上の居場所が彼女にあるだろうか。

「わたしは……近頃、ダルグレン侯爵の次女殿と、知りあいまして……」

先ほど己の胸によぎった不安から目を逸らし、カイルは頼りない希望に縋ることにした。

◆◇◆

サン＝シュトランド城は、十数年ぶりのざわめきに包まれていた。

訪れた貴族の招待状を確かめ、スウェイは応接間へ案内する。貴族たちはアランとマデレーネへ、それから互いに挨拶を交わしあう。ベルタの監督のもと、メイドたちが飲みものを配る。

その裏では、ヨハンとリュフがキッチンで大わらわであった。この日のために準備は万端に整えていたとはいえ、当日はめまぐるしいスケジュールになる。下働きの三人もあちらこちらへ走りまわる。

ノシュタット家の誰もが内心に緊張を抱えながら、不慣れを表には出さぬようほほえんでいた。そんな空気を感じとれるのはアランとその妻マデレーネのほかは、普段のサン＝シュトランド城を知っているヴェロニカだけであったろう。

ヴェロニカは子爵とともに入室した。

すぐに出迎えたマデレーネは花のほころぶような笑みを浮かべ、ヴェロニカは年甲斐もなく心の浮き立つ気持ちになる。マデレーネと会うときはいつもそうなのだ。

薄紅色に花模様をあしらったマデレーネのドレスは優雅で、レースの手袋に包まれた手をさしのべる姿は、王女としての気品にあふれていた。

「ようこそお越しくださいました、リルケ子爵、ヴェロニカ様」

「こちらこそお招きいただいて光栄ですわ、マデレーネ様」

「アランもすぐに参ります」

そう言ってマデレーネは背後を振り向く。

いよいよアランとの対面である。

周辺領の貴族たちから孤立していたアランを、過去のヴェロニカも嫌っていた。当然、会話を交わしたこともない。夜会や晩餐会で鉢あわせしたときには睨みつけていた。

自身の所業を申し訳なく思い、謝りたいと願ったが、城にいないアランに疑問は燻ぶっている。領民から好かれているとはいえ、妻であるマデレーネを放っておくとは、仕事人間であったリルケ子爵にも通じるではないか。

（偏屈な男かもしれないわ）

マデレーネはアランを愛おしく思っているようだから、自分の目で確かめてみなくてはなるまい。

（マデレーネ様に相応しくないお方なら、わたくしにも考えがあります）

そう身構えるヴェロニカの前に現れた男は――、

「ようこそいらっしゃいました。リルケ子爵、リルケ夫人。私がノシュタット家当主、アランです」

　マデレーネの頬がわずかに上気する。目が細められ、瞳の青が深みを増す。ヴェロニカの視線はマデレーネが視線を向ける先を追い、アランへと釘付けになる。

（想像していた方と違うわ）

　そつなくタキシードをまとい仔山羊《キッド》の手袋をつけたアランは夜会慣れした雰囲気で、優雅に会釈をした。すらりとした長身に整った顔立ち。

　なにより、はっきりと正面からふたりを見つめる力強い視線と、口元に浮かぶやわらかなほほえみが、アランが真心から彼らを迎えていることを示していた。

　――そう、アランは、ほほえんでいたのである。

「私の不精により、長年このようにご挨拶をすることもできず、申し訳ありませんでした。今夜はぜひゆっくりとお楽しみください」

　穏やかな声が耳を打つ。

　ヴェロニカは思わず夫を見た。彼ならアランと面識がある。妻の動揺した視線を向けられたリルケ子爵もまた、ぽかんと口を開けていた。

「あとでまたお話しいたしましょう、ヴェロニカ様」

　マデレーネに言われてハッと我に返ると、アランと彼女は次の招待客へと挨拶へ移っていくところだった。

　ようやく我に返ったリルケ子爵が「ふむ」と呟きを漏らす。

「君といいノシュタット子爵といい、王女殿下に関わった者は性格が変わるのかい？」

「どういうことですの？」

「無愛想で、笑顔なんて見たことのなかった男だ」

声をひそめる子爵が誰のことを指しているのかは一目瞭然だった。

もう一度アランを振り向き、ヴェロニカは口元をゆるめた。

警戒する彼女の心を不意打ちの笑顔で突破し、過去を水に流すと態度で示したアラン。

「そうね、きっとマデレーネ様のお力だわ」

そしてそれは、当たっていた。


笑顔で客人を出迎えながら、アランは相手の空気が明らかにゆるむのを感じた。

警戒して応接間に足を踏み入れた客が、アランとマデレーネの笑顔にぶつかるなりほっと息をついて緊張をとくのである。

自分の社交嫌いはよほどに広まっていたらしい、と肩をすくめる。マデレーネに諭されなければ一生改めなかっただろうし、彼女の言うとおり、商機を逃すことにもつながったはずだ。

ちらりと隣を見れば、マデレーネはにこやかな笑顔で客人の応対をしている。

アランの笑顔を引き出すためにマデレーネがしたことは、作り笑いの練習ではなかった。

とにかくアランとふたりの時間を確保し、会話を重ねたのである。

話題は主に領地経営についてだが、マデレーネは時折子どもに語って聞かせる滑稽話を披露することもあったし、ユーリアの村で飼い始めたという羊と羊ベッドの進捗《しんちょく》を教えてくれることもあった。

「アラン様……わたくしたち、とんでもないことに気づいたのですわ。牧羊犬がいなければ、羊は一箇所《ひとところ》に集まってはくれないのです……！」

「……知らなかったのですか？」

「はい、羊は王宮にいませんでしたので……」

「ふっ。あなたにも知らないことがあるのですね」

　思わずアランが苦笑いをこぼすたびにマデレーネも嬉しそうに笑うから、いつしか自然に感情を出すことができるようになっていた。

「アラン様が本当はとってもやさしい方だって、皆様にもわかっていただきたいのですもの」

　本心からとわかるマデレーネの言葉は、くすぐったくて仕方がない。

（あんな社交の特訓は、彼女にしかできないな）

　幸福な時間を思い出すだけで、アランの口元には笑みが浮かぶ。自分が気を張り詰めていたことを、アランは十年越しに自覚したのだった。

「……アラン様？」

「いえ、なんでもありませんよ」

　不思議そうに見上げてくるマデレーネに首を振り、その手をとれば、マデレーネはわずかに頬を染めて目を細める。

（……これでにやけるなというほうが難しい）

内心で呟きつつ、アランは次の招待客の前へ歩を進めた。


（聞いていた話と違うぞ）

ノシュタット家の晩餐会を訪れたゴード男爵の思いは、その一言に尽きた。

ゴード男爵は北部から出たことがなかった。王家とのやりとりを円滑に進めるため、爵位のある家は王都にも別邸を持ち、当主は別邸と領地の本邸を行き来するのが普通だが、ゴード家の場合、その役目は弟に任されていた。

理由は単純――弟のほうが、優秀だったからである。

兄弟の序列に従って当主の座に就いたものの、実質的な支配権を握っているのは弟だ。その弟というのができた人間で、王都では身体の弱い兄を立てるようなことしか言わない。兄を軽んじればまだ退ける手もあったろうに、王家とのつながりも父の寵愛も弟のものだった。

だからこそ領地については失敗するわけにはいかない。様々な事業を起こし、自分にもやれるのだと示してみせた。万全を期すため、北部領でもっとも権力のあるセルデン伯爵に近づいた。

セルデンはお抱えの商会に融通を利かせてくれ、ゴード領での交易量を増やしてくれた。

伯爵がいたからこそ、彼は領地では弟を忘れ、当主の顔をしていられるのだ。

伯爵の命令はいつでも正しいはずだった――それが。

（話が違う）

寄り添い、歓迎のほほえみを浮かべるノシュタット子爵夫妻を見つめ、ゴード男爵は歯車の食い違いを悟った。

王家の金を遊びで使い尽くし金を目当てに子爵家へと降嫁した恥知らずのはずの王女は、そうは思えぬ優雅さで男爵を迎え、男爵家の名産である蜂蜜の話をした。

「花が違えば味も香りも違うのですね。ゴード男爵肝いりの事業だと聞いておりますわ。わたくしの取り寄せたクリームにも、ゴード領の蜂蜜が使われておりました」

長らく敵対関係であったはずのノシュタット子爵は、これまでのことなどなかったようにやさしい表情で挨拶をした。

「どうも、ゴード男爵。ご無沙汰しておりました。こちらが妻のマデレーネです」

ちなみにこの台詞も何十回と練習された台詞であるが、もちろんゴード男爵は知らない。

さしだされた手を握ると、純白の手袋の向こうにまめだらけの手を感じた。城で椅子にふんぞり返っている者の手ではない、手綱を握る者の手だった。せめて領地だけはと動きまわっているゴードにはそれがわかった。

マデレーネはリルケ夫人と親しげに語る。これも思わぬことだった。

（なんだ、このおばさん……近頃サロンへ顔を見せないと思ったらすっかり雰囲気が変わってやがる）

なお一層《いっそう》ゴード男爵を困惑させたのは、晩餐会の場に養蜂と工房を任せている親方まで招待されていたことであり、その彼が上機嫌で事業の展望を語り聞かせてきたことだった。

「いやあ、話がわかりますね、ノシュタット様は。今回の晩餐会で食材を運んだっていう商会の者に引きあわせてくれました。うちの蜂蜜を王都にまで出荷できるかもしれませんぜ！」

「ま、待て、我が家はセルデン領を通って、西部領へ……」

「ここだけの話、セルデン領は税が高いし売上も悪い。別の販路をさがしたほうがいいですぜ、旦那様」

「な……」

そんなことをセルデン伯爵に聞かれたら、と青ざめるゴードに、親方はさらに続ける。

「蜂蜜っていうのは夏の王都にはないんだそうです。ヴァルデローズは常春の国だが、南へ行けば暑すぎる。養蜂には夏の暑さをしのげる場所じゃなきゃいけません。旦那様が養蜂に目をつけたのは大当たりだったんですよ」

「大当たり……」

親方の目は、「セルデンとは手を切ってノシュタットと組みましょう」と訴えかけている。

ぐう、と喉が奇妙な音を立てた。

儲けの話に喜んでいる場合ではなかった。いったい自分はなんだったのだ。せめて領地だけはと、事業に投資し、重鎮《セルデン》におもねり、必死で成長させてきた自分は。王都で最大のダグマル商会はフォルシウス公爵の庇護を受けている。そこへ話を通してもらうべく、セルデンに擦り寄ったのに。

足元が崩れ落ちるような錯覚にとらわれ、思わずハンカチで汗を拭うゴードに、親方は無自覚なトドメを刺した。

「本当のことを言やあ、最初からノシュタットの旦那と組んでれば、今ごろ何倍も稼げてたでしょうね……」

「……‼」

ぷつん、と糸が切れた気がした。かろうじて自身を〝ゴード男爵〟たらしめていた糸が。

立ち尽くしたまま、視線だけがきょろきょろとあたりを見まわす。アランとマデレーネ、そしてセルデン。両者のあいだを視線は行ったり来たりした。

見比べて、ゴードは気づいてしまった。

マデレーネは優美であり、アランは気高い。

それに比べ、セルデンのなんと頼りないこと……。チェリー酒のグラスを片手ににやついた笑みを浮かべながら、視線だけはちらちらとゴード男爵に走らせ、いつアランを糾弾するのかそればかり気にしている。

これまではほかに比べるものがなかったのだ。弟と比べられ続けた自分が誰かを比べるなど怖くてできなかった。

ゴードは立ち尽くした。

（選べない……）

セルデンの指示どおりノシュタットの敵にまわれば、領地じゅうの商売人からそっぽを向かれる。しかしノシュタットの側につけば、これまでに積み重ねてきた地位が崩れ去る。

――マデレーネと視線があったのは、そんなときだった。

先ほどから自分をちらちらと見ているゴードの視線に気づいたのだろう。マデレーネはゴードを見、その顔が青ざめているのを知ると、ほほえみを消して心配そうな表情になった。

セルデンからはついぞ向けられたことのないやさしさであった。

（来ないでくれ……！）

反射的に、ゴードは近づこうとするマデレーネを指さした。

「わたしはこの結婚に反対です‼」

応接間のおしゃべりがぴたりと止む。

「ノシュタット子爵。あなたは借金を盾に無理やり王女殿下との婚姻を結んだとか」

セルデンのサロンに出入りしていなかった半数以上の招待客は、そんなことは知らない。周囲の奇異の視線をひしひしと感じながら、ゴードはなおも言い募った。

「王家との結びつきを利用して、公爵位を得、我々から北部領を奪いとるおつもりではありませんか‼」

しん、と応接間に沈黙が満ちる。

ゴードに呼応してあがるはずの賛同の声はなかった。数か月前に気焔をあげていたサロンの仲間たちは、早々にセルデンから離れ、ノシュタット家につくことに決めていたらしい。誰もがゴードから顔をそむけ、それどころか「いったいなにを言っているのか……」と囁きあっている者までいる。

セルデンを振り返れば、我関せずといった顔でグラスに口をつけている。

　地面が崩れ去ったように、全身から力が抜けた。

（なんだ……）

（また間違えた）

　セルデンは最初から、信頼を預けるに足る人物ではなかったのだ。そしてそれは、自分も同じ。人を見る目も、情勢をさぐる頭脳も、持ちあわせてなどいない。土壇場で逃げるような男に入れ込んできた自分が、この先どんな勝機をつかめるというのだろう。

（狼藉の責任をとって当主を降り、弟に家督を譲るよう父上に進言しよう）

　ゴードがそう思ったときだった。

「それは違いますわ、ゴード男爵」

　凛とした声が応接間に響いた。マデレーネのものではない。

　その声の主はリルケ子爵夫人ヴェロニカ。

「なにも起きないのなら言うまいと思っておりましたが、そのような讒言《ざんげん》を口にされるのなら、わたくしからも申しあげることがあります」

　ヴェロニカはマデレーネにちらりと視線を送った。マデレーネが頷く。

　晩餐会の前夜、彼女はノシュタット家を訪れ、夫から聞いた話が真実であることを確かめた。

　そしていざというときには自分が口を差し挟む許可を得たのだ。

「わたくしから皆様へ、マデレーネ様が抱えていらっしゃるという借金について、お話しいたします」

誰もが突如名乗りをあげたヴェロニカに注目していた。

セルデンと袂を分かったとはいえ、〝金食い王女〟と〝成り上がり子爵〟の事情に疑問を持つ者は多い。それを理解しているからこそ、ヴェロニカは説明役を買って出た。

「わたくしの夫は王都で出納《すいとう》役を務めておりましたから、王家の財政について実際に見聞きした立場です。マデレーネ様は、このお話が皆様の心の靄《もや》を拭い去るのならばと、わたくしに許可をくださいました」

そう前置きをして、ヴェロニカは語り始めた。

ことの起こりは、十三年前。当時マデレーネの母エリンディラ王妃は、国内の財政改革を行おうとしていた。領地をめぐり、技術を伝え、制度を整え、領主たちを援助した。飢饉となった際にも国が耐えられるように――ここまでは誰もが知っている。

「わたくしたち貴族はよろこんでエリンディラ様を迎え入れたけれど、ひとつだけ受け入れようとしないことがありました」

食事の変化だ。

増える人口に対応するには、場所を選ばず、比較的手間のかからない食物――芋類を、というのがエリンディラの考えた施策であった。だがそれらは貴族たちにより、「家畜の餌を食えというのか」とはねつけられた。小麦を増やすことには賛成でも、食べもしない、高値で売れるわけでもない作物に貴族たちは見向きもしなかった。

大規模な飢饉とそれに続く疫病が国を襲ったのはそのすぐあとだ。

「エリンディラ様は北部を気にかけてくださいました。もともと作物の少ない北部はとくに被害が大きかったからです。わたくしも含め、皆様はよってたかって援助を求めましたね。彼女はそれに応えた。ここで耐えればまた国がゆたかになると。今は希望を見せるべきだと――ですが、エリンディラ様もまた病に倒れ、援助は打ち切られました。それが十年前の話です」

「そんなことは……そんなことはわかっている！　我々の親類も亡くなった、あのときは皆が貧困に喘いで――」

　叫んだひとりが、ハッと口を閉じた。

　自分の言った中に答えがあったことに気づいたからだ。

「まさか……」

　応接間はふたたびざわめきに包まれた。

　誰もが同じ推測にたどりつき、かつまたそれが外れていればいいと思った。

「そうです」

　無慈悲にも思えるリルケ夫人の一言が、その推測を肯定する。

「王家の借金は、我々への援助のためにしたものです。それ以前の国内への投資で、王家の財政に余裕はなかった。わたくしたちを援助するため、エリンディラ王妃は自らの名で借財された……それが彼女の死により、王家へ、そしてマデレーネ様へと移ったのです」

　集まった人々に動揺が走った。ゴードもぽかんと口を開けた。大理石の床が砂になり、渦を巻いて呑み込まれそうな錯覚に陥る。膝が小刻みにふるえ、ゴードはごくりと喉を鳴らした。

蝋燭の灯された明るい部屋も、煌びやかな衣装をまとった人々も、食前酒の香りも、すべてが遠いもののようだった。

やがてすべり落ちるように呟かれたのは、悔悟の言葉。

「ならば――ならば、マデレーネ様の境遇は、自業自得などではなく……」

「我々が原因で……？」

ヴェロニカも眉を寄せ、目に涙を浮かべながら頷いた。

「飢饉が起きたとき、マデレーネ様はまだ物心ついたばかりの七つのお歳でした」

それからの十年間を、母親が作ったからという理由で押しつけられた借金と〝金食い王女〟の汚名を拒絶することなく、マデレーネは粛々と生きた。

イエルハルトの望みどおり、彼女を娶り、借金の肩代わりをしてくれる者が現れるまで。

ヴェロニカがアランを見る。その場にいた客人たちの視線もつられた。

今はもうほほえみを消し去ったアランの表情は冷たいもののように見えたが、その瞳の奥に宿る熱は感じられた。

「借金の原因に気づいておられたのは、アラン様だけでしたでしょう」

「……俺も、確信が持てたのはこの数か月のことです」

ヴェロニカの唇から重いため息が漏れた。

「わたくしたちは、王家を頼っておきながら、自分たちとは別の存在だと考えていました。資金をくれたのだから金はあるに違いない、援助ができるのだから金があるに違いないと――王女が苦しんでいるはずはない、苦しむならそれは、自業自得だと」

「……では、アラン殿は……我々の代わりに」

北部領は、エリンディラ王妃の提案を拒絶し、飢饉で苦しんだ。マデレーネはその北部領のための借金を負わされ、ノシュタット家が、その借金を肩代わりした。

ノシュタット家が成り上がったのは、いち早く飢饉を抜け、他領に小麦を売りつけたからだ。ではなぜそんなことが可能だったのかといえば……。

「我が家はもとから領民たちとの隔たりを少なく努めてきました。使用人たちと食事をとることもあった。それは父の代からの慣習です」

アランが静かに告げる。

貴族たちが〝農民食〟と蔑み拒絶したレシピを、ノシュタット家は受け入れた。所領の隅々にまで苗とレシピはいきわたり、領民を救った。

ただそれだけのことだったのだ。

ゴードはセルデンを見た。不敵な笑みを浮かべてはいるが、皺の深まった顔は土気色に変わり、腹の前で握られた両手はふるえている。良心の呵責に苦しんでいるにしては違和感があった。

その理由はすぐに知れる。

ヴェロニカはセルデンの前へと歩みを進めると、閉じた扇で彼を示した。

「セルデン伯爵はそのことについてご存じだったはずです。なぜなら王家に貸し付けをしたのは伯爵の懇意にしていらっしゃるフォルシウス公爵閣下なのですから」

「セルデン伯が……!?」

今度こそ、応接間は渦を巻いたような興奮に包まれた。

マデレーネの抱える借金について、セルデンが知っていたというのなら。

(俺たちは最初から駒《コマ》扱いだったんだ……)

悪いのは浪費をした王女だ、そこに付け込んで王女を娶ったアランだと焚きつけて、対立を煽ろうとした。

ゴードは怒りで引きつった表情でセルデンに向きあった。サロンに参加していたほかの者たちも、自身が欺かれたこと、利用されようとしていたことはよくわかった。

「これはどういうことですか、セルデン伯爵！」

「我々を軽んじていたのはあなたのほうではありませんか！」

「ぐ……」

追い詰められたセルデンは、それでも傲岸な笑みを浮かべていたが、それはもはや負け惜しみにしか見えなかった。

(騙された！　騙されて、無実の王女を責めた！　悪いのは誰だ——セルデン伯爵だ)

息を荒くし、ゴードは血走った目でセルデンを睨みつけた。

ゴードだけではない。殺気だった貴族たちはじりじりとセルデンに詰め寄る。

と、息をひそめて見守る人々の前で、ゴードとセルデンのあいだにふわりと割り込んだ影があった。

「――皆様、晩餐の支度ができました。広間へお越しくださいませ」

今にもつかみかからんばかりだった勢いが削がれ、ゴードは目を丸くした。

彼の前でほほえむのは、マデレーネだった。

「しかしマデレーネ様、セルデン伯は……」

「わたくしが先ほどのお話を明らかにしていただいたのは、それでアラン様の名誉が守られると思ったからです。お母様が借りたお金は、誰がなんと言おうと、お母様の責任です。皆様が責任を感じる必要はありません」

マデレーネは困ったように目を伏せた。

ゴードもリルケ夫人の言葉を思い出す。〝なにも起きないのなら言うまい〟と彼女は決めていたという。それはおそらく、こうなることを見越してだ。

マデレーネを責める理由としていた借金が、自分たちを救うためだったと知ったとき、それぞれの胸に落ちたのは抱えきれないほどの悔悟だった。そして貴族たちは、その感情をセルデンへの怒りに変えた。セルデンだけは事情を知りながら心を痛めず、可哀想なマデレーネを利用しようとした。あれは非人間的な存在だと責めることで、罪の意識から逃れようとした。

だがマデレーネは非難を是としなかった。

「わたくしたちは対立するためにセルデン伯爵をお呼びしたのではありません。おもてなしをするためです。それは皆様も同じです」

セルデンも等しく客人であるのだとはっきり言われ、ゴードはハッとして身を引いた。

怒りに駆られて乱闘でも起こせば、結局はノシュタット家の名誉に傷がつく。振りあげようとしていたこぶしをおろし、しおらしくなった貴族たちに、マデレーネは笑顔を向けた。

「どうぞ、こちらへ」

（マデレーネ様は許してくださるおつもりだ）

ゴードは握った手にじっとりと汗が浮かぶのを感じた。悪意を持って訪れた客たちにすら、マデレーネは真心からのもてなしをしようとしている。

――それはいったい、どれほどの覚悟からくる態度なのであろうか。

案内された広間には晩餐の用意がされていた。

使用人たちが客を席へとつかせる。爵位の異なるセルデンとゴードは離れた席に案内された。

ゴードの隣に座ったのは、アーネス男爵という。セルデンの夜会に参加していたものの、ゴードの糾弾を黙殺しなにも言わなかった男だった。年かさの男爵から気まずそうにちらちらと視線を投げかけられ、彼もまた自分と同じように板挟みの立場にいたのだと気づく。

皆がそうだ。この先の展開がわからぬまま、なにが正解かを悩んでいる。

「これは……北部の料理ですね」

ぼそりと話しかけられてゴードは顔をあげた。

「鴨肉の塩漬けや、旬の野菜。味付けも……わたしたちが食べ慣れているものです。テーブルに飾りつけられている花も」

「……たしかに……」

「使用人たちも北部の出身者だ。王都から呼び寄せたという料理人の話は聞きましたが、そもそも、呼び寄せるまで王女殿下には専属の料理人などいなかったということ」

冷静になって考えればそうだった。

貴族同士の結婚ですら、慣れた使用人の何人かは連れていくものだ。輿入れの前後はなにかと物入りになるのも、支出が増えるのも当然のこと。

「わたしは、これ見よがしな王都風の料理が出てくるのだと思い込んでいました」

「わたしもです」

「よくできている。おいしいですね」

「ええ」

マデレーネは最初から、対立するつもりなどなかった。彼女がただの〝子爵家の妻〟になるつもりであるのは、この料理を見ればわかった。敵意を持ち込んだのは自分たちのほうだ。

だがそれすらも水に流そうと、マデレーネは言う。

わっと歓声があがり、ゴードとアーネスは奥のテーブルへと視線を向けた。

どんよりとした空気を漂わせている貴族たちとは違って、商会の者や親方連中は上機嫌で食事を褒めちぎっている。マデレーネの潔白が証言されたことで、ノシュタット領との通商に関する障害がなくなったのだ。貴族たちはもう口を出せない。

「しかし、我々のような者がマデレーネ様の厚意に甘えて通商を望むこと、アラン殿は許してくださるだろうか……」

最大の懸念はそこだ。アーネス男爵も頷く。

重苦しい胸のうちを吐き出したそのとき、ゴードの鼻に香ばしい湯気が入り込んできた。

「メイエル海老のポテトグラタンですだ」

緊張した面持ちのメイドがゴードの前に皿を置く。

「これは……」

「このために王都の料理人を？」

出された料理を見て、あちこちから驚きの声があがった。

大皿に乗せられたのは、半身に切られたメイエル海老。両手をあわせたほどの大きな体に身のたっぷり詰まった高級食材で、王都でのパーティには必須だと聞くが、海のない北部領では滅多にお目にかかることはない。

そのメイエル海老の殻に、こんがりと焼けたチーズ。チーズの向こうには赤い引き締まった身が見え隠れする。

立ちのぼる熱気を逃しつつ頬ばると、濃厚なミルクとバターの香りのなかにメイエル海老の風味が溶け込み絶妙な味わいを引き出している。赤く爆ぜた殻からも凝縮された旨味が移り込んでいるようだ。そして海老を包むほくほくの食感と甘み——。

「これは……そうだ、先ほどポテトと言っていた」

「甘芋……？」

ゴードは驚いた。

彼らの知る芋は、土にまみれて、ひょろひょろと根の生える無骨そうな皮を持った、美味とは思えない見た目をしていた。それが、こんな甘みが隠されているとは。

（まさか、マデレーネ様は――）

皆が同じ気持ちなのだろう、あちこちから感嘆の声があがり、視線はマデレーネへと集中した。こびりついていた様々な先入観を、マデレーネがひとつずつ拭い去った。誰もがマデレーネ自身の言葉を聞きたいと望んでいた。

心が開かれたのだ、とゴードは思った。

「皆様」

見守る人々の前で、マデレーネは凛として立っていた。

「わたくしは母の遺志を継ぎ、皆様との絆を結ぶために参りました」

寄り添うマデレーネにアランは腕を貸し、しっかりと支える。

「母には夢がありました。貴族もそうでない人々も、国じゅうがゆたかに、平和に暮らすことです。そしてそのための第一歩として、十分な食料の確保が必要だと考えておりました」

貴族たちの脳裏にエリンディラの顔がよみがえった。

新しい開墾方法を教え、新しい農具を普及させ、それらを迅速に行えるよう教育を整えた。彼女は着実に未来を積みあげていたが、結果が出るまでに時間がかかることも理解していた。

そこで別に取った手段が、これまで食べてこなかった食料の普及だった。

「芋は、ほかの野菜に比べれば手間が少なく、とくに甘芋は荒れた土地でこそたくさんの栄養を蓄えます。急速に食料が必要になったとき、開墾の労力を省いて栽培することができる。母の目には魅力的な作物に映りました」

「ああ……だが、我々はそれを拒絶した」

アーネス男爵が呟いた。彼ははっきりとした記憶があるのだろう。ゴードはまだ幼い頃でぼんやりとしているが、「領地の発展している今、なぜ農民と同じものを食わねばならぬ」と憤っていた両親の顔は思い出せる。

芋類の植え付けが推奨されることはなかった。適した土地をさがすための調査も栽培方法の教育も、領主たちはなにも行わなかった。

「母は賢明でした。ですが性急すぎたのだとわたくしには思えます。飢饉がくれば今あるだけのものでは足りないと、焦っていたのでしょう」

もうひとつ彼女を焦らせたのは、己の命が尽きようとしている事実。でもそれはアランとマデレーネの胸の奥にしまっておけばいい。

「エリンディラ王妃が……」

貴族たちは呆然と声をあげた。記憶の中のエリンディラはいつも穏やかなほほえみを浮かべていた。目の前のマデレーネと同じように。その心中を察していた者はいなかったに違いない。

「結果的に、押しつけるようになった変化は、皆様の反発を招きました。……よく知らないものに愛情は持てない。よく知っているものを憎むことができないように」

だが、彼女は、どれほど悔しかったことだろう。

ちっぽけな偏見から貴族たちが芋の栽培や利用を拒絶しなければ、飢饉にも早く打ち勝つことができたかもしれない。すべてを押し隠してエリンディラはほほえみ、援助を約束したのだ。

「あなたは……我々を軽蔑しないのですか」

尋ねるゴードにマデレーネは首を振る。

「誰かを軽蔑しても、守れるのは自分の心だけです。人を笑顔にする方法ではありません」

「マデレーネ様……」

「皆様はこうして、わたくしとお話をしてくださっているではないですか」

もう一度、広間に集まった客人たちひとりひとりへと視線を向け、マデレーネは笑った。

「幸いにも現在の北部領は安定しています。時間はある。ですからわたくしは母とは違う仕方で夢を追うことにしました」

「その答えがこの料理……」

「さあ、冷めないうちにお召し上がりください。デザートは甘芋のタルトです」

マデレーネの言葉に、皆はふたたび料理に向きあった。

野暮ったい土芋のイメージは消え、瀟洒《しょうしゃ》な王都風の一品に仕上がりながらも、どこか懐かしい——領地をめぐった際に村々の家屋から流れてきた匂いと同じものがそこにはあった。

「ああ、懐かしい……丁稚のころによく食べたものです」

「ミルクポトフですな。それがこんな料理になるとは」

「王女様の晩餐会で出されたとなれば食べたがる者も多いでしょう。メイエル海老の買い付けをしなければ……」

「それよりも甘芋ですよ。苗を手配しましょう。これはブームになる」

はしゃいだ声をあげるのはノシュタット領の出身者を中心とした商人たちだ。

儲け話を企んでいるように見えて、彼らの表情には無邪気なよろこびがあった。

「息子たちに自慢してやれますな……わしらは昔からこいつを食べてたんだぞって」

「ええ。ぜひそうしてください」

応えたのはアランだった。

「そうすれば俺も自慢できますからね。ここにいる貴族の皆様方にも……俺は昔からこいつを食べてたんだぞって、ね」

肩をすくめ、皮肉げに口角をつりあげてはいるが、アランの目に負の感情はない。マデレーネの言葉はアランの中に根づいていた怒りも洗い流していた。

ゴードはアーネス男爵を振り向いた。アーネスの顔にはゴードと同じ表情が浮かんでいた。

王妃の提言を聞き入れず失敗を呼んだ貴族たちに、マデレーネはもう一度手をのばした。

領主と領民、中央と地方、異なる人々を結びつけ、母が夢だと言った国を実現するために。

そしてマデレーネの夫であるノシュタット子爵もまた、彼女の夢のためにすべてを許そうとしているのだろう。

「ふ……ふふ……ゴード男爵。そんなに泣き濡れた顔をしていては、せっかくのポテトも味がわからなくなってしまうでしょう」

アーネスに言われ、ゴードは引きつったような笑みを浮かべた。

ぽたぽたと落ちる涙を止める術《すべ》が彼にはない。だが――、

「それはあなたも同じでしょう、アーネス男爵。なんてことだ」

「男がふたりしてみっともない……」

くしゃくしゃの顔になりながら、ゴードとアーネスは笑いあった。

胸の中の棘は取り除かれていた。

今あるのは、大きな安堵だけだった。


腕を組んだアランとマデレーネが招待客たちの席をまわり、再度言葉を交わしていたときのことだった。近づいてきたふたりにゴード男爵は立ちあがり、がばりと腰を折った。アーネスもなぜかおろおろとした顔で一緒に立ちあがっている。

「あの、申し訳ありませんでした！」

「お気になさらないでください。わだかまっていた気持ちを教えてくださったからこそ、わたくしも自分の想いを伝えることができたのです」

「……」

「アラン様？」

マデレーネが不思議そうにアランの顔を覗き込む。

アランはすでにほほえみを消し、ゴードたちのよく知る渋面に戻っていた。いや、それどころか、普段の冷徹でつかみどころのない表情よりもはっきりと不機嫌を表している。眉は寄せられ、視線をあわせようともしない。

「どうされたのですか？」

「……心配しなくとも、ゴード領との通商を妨害したりはいたしません。ですがにこやかに応対もできない」

低い声で告げられた言葉に、よろこべばよいのか怯えればよいのか。先ほど思ったとおり、マデレーネの方針に従い、ノシュタット家とゴード家が対立するようなことにはならない。

が、アラン本人からは嫌われてしまったようだ。

そんなアランの対応にマデレーネの眉が心もちあがる。

「アラン様、おもてなしの気持ちは……」

「客の面前で妻を侮辱されたんですよ。笑っていられるほうがおかしいと思いませんか」

たしなめようとしたマデレーネを遮り、アランはきっぱりと告げた。

聞きようによっては体面《メンツ》の問題ともとれるが、それにしてはやはり感情がこもりすぎていた。

マデレーネはなにか言いかけたまま動きを止めてしまう。

と思えば、みるみる頬が赤く染まっていく。

（……あれ、なんだろう。嫌われたはずなのに、いま盛大な惚気《のろけ》を見せられているような気が？）

「いやあ、それにしてもマデレーネ様のご用意された料理はさすがでした。タルトも、甘芋のほんのりとした甘みと爽やかさが果実の甘酸っぱさをひきたてて」

微妙な空気で黙り込んでしまった三人を見かねたアーネスが助け舟を出す。（ありがとう）とゴードは心の中で呟いた。

マデレーネもぱっと顔をあげて目を輝かせる。

「そうおっしゃっていただけると嬉しいです。アラン様は甘いものが好きで、タルトをおかわりされることもあるのですわ」

ねえ、と同意を求めてアランを見るマデレーネ。視線を逸らすアラン。

結局その答えは聞けぬまま、「では」と会釈をするとふたりは次の席へ行ってしまった。最後まで惚気を聞かされたような気分のゴードは無言で夫妻の後ろ姿を見送る。

「なんか……雰囲気変わったな……」

「……当然なのではないですか。マデレーネ様と暮らしていらっしゃるのだから」

「そう言われれば、そうですね」

「いいこと……なのでしょう。きっと」

席に座りなおしながら、ゴードとアーネスは頷きあった。

その夜、宴の席は晩春の空が白み始めるまで続き、人々の笑い声が途切れることはなかった。

北部領の興隆という共通の目標を得た彼らにとって、晩餐会の場はなにを語っても楽しい席だった。

　唯一の例外はセルデンである。表面上の笑顔の裏で、彼は得ることのできなかったノシュタット領の利益を何度も思い返していた。

　宴の空気を避け、壁の花を装うセルデンに、人影が近づく。

「セルデン伯爵」

「マデレーネ様」

「お飲みものはいかがでしょうか」

「ありがとうございます」

　さしだされたミント水を受けとり、セルデンは一息に飲み干した。爽やかなハーブの香りが身体の中心を吹き抜けていく。

　しかし心の闇が拭い去られることはなく、セルデンは口の端を歪めて笑った。

　マデレーネの眼差しはセルデンとの対話も求めていたが、それが受け入れられないであろうことも彼女はわかっていた。

（今は、まだ）

　けれど時間をかければ必ず、とマデレーネは信じている。

　純粋なマデレーネの面差しを蛇のようにねめつける視線で見上げながら、セルデンはうやうやしく礼をした。マデレーネもまた穏やかなほほえみを返す。

「アラン殿やあなたがなんと言おうと、あなた方は成功者だ。私らよりも上に行こうとなさる。

いずれ我々を見下すでしょう」

「わたくしは、今のままで十分に幸せです。きっとアラン様も」

それきり、会話は途切れた。

明るい賑わいに包まれた広間の片隅で、ふたりはしばし、沈黙の時を過ごしたのだった。

◆◇◆

人気《ひとけ》のなくなった広間では、大仕事を終えた料理人がふたり、静かに酒を酌み交わしていた。

リュフがアランとマデレーネに願って許可をとったのである。相手は当然ヨハンだった。

「これであんたの仕事も終わりか」

「ずいぶんと馴染んでしまったから王都に帰るなんてまだ変な気分だ。妻と子供らを連れて移り住んできたいくらいだな」

ヨハンは苦笑まじりのため息をついた。

ノシュタット家からの給金で何年かは生活に困らずにすむが、久々に料理の楽しさを思い出してしまった今、王宮で働くのは気の進まないことだった。

「ノシュタット家も王都に屋敷がある。旦那様は滅多にお行きにならないが……王都を訪れる機会があれば文を書くよ」

「そうか。ならそのときはまた雇ってくれ」

「ああ。奥様はそうなさるだろう」

　ぽつりぽつりと交わされる言葉といっしょに酒も注がれる。

「なあ、あのポトフも焼き菓子も、もとはあんたが作ったものだったんだろ？」

　赤くなった顔を高い天井に仰ぎ向けながら、リュフはぽつりと呟いた。

「知っていたのか？」

「レシピの考案者だと奥様から聞いた」

　ヨハンはそのことを言わなかった。初日に泣きだしたヨハンを見てリュフも思うところがあっただろうが、やはり口には出さなかった。

　仮に知らなかったとしてもリュフにはわかっただろうとヨハンは思う。ノシュタット領の料理にヨハンはすぐ馴染んだし、宮廷料理に驚いたリュフとは違って、レシピ自体への困惑はなかった。

　そしてそのときでも、ヨハンが余計な責任を抱えぬよう、晩餐会が終わるまで黙っていたに違いない。

「どうして王都の人間があのレシピを？」

「エリンディラ様のご命令だ――いや、命令というのは正しくないな。依頼だった」

　口をついてしまった言い訳を否定し、ヨハンはグラスをまわした。ぶどう色のワインが波打つ。命令だ、と思い込みたかったのは、さもなくば自分から破滅の道を選んだことになってしまうような気がしていたからだ。

　だが、今夜の晩餐会で、宴の席をこっそりとうかがったヨハンは、たくさんの笑顔にぶつかった。それで十分だ。

「あのころはしばらく豊作が続き、国中が賑わっていた。エリンディラ様はそんなときこそ力をつけ、蓄えるべきだと考えられたのだ」

若きヨハンが声をかけられたのは、彼が宮廷文化に染まりきっていなかったためなのだろう。

——これまで王宮では使ってこなかった食材を使い、調理法も簡単にしてね、誰もが作れて好きになってくれる、夢のような料理を……。

エリンディラの声が耳元でこだまする。少女のように目を輝かせ、未来を語る表情も、今でもはっきりと思い出せる。

主の要望に応え、ヨハンはそれまで禁忌とされてきた〝土の中の食材〟を使う料理を考案した。下民の食糧だ、家畜の餌だと蔑む輩は、同じだけの情熱をもって笑い返した。あのときはたしかにエリンディラの理想がヨハンの中に生きていた。

——だって、お腹がすいていたら、楽しいことも考えられないじゃない？

彼女の言葉が正しかったことは、落ちぶれたあとのヨハンから理想の火が消えたことで皮肉にも証明されることとなった。

「エリンディラ様は、おれのレシピをもって地方の領地をまわってくださった。だが、王家から制度や農法を学ぼうという貴族は多くても、芋の栽培方法や、芋を使った料理を学ぼうなんて貴族はいなかった。国がゆたかな時期だったからなおさらだ」

調理法が簡単で誰もが作れる、そのせいで貴族たちの目には、価値のないものに見えてしまった。結果、ヨハンはエリンディラ王妃が亡くなると同時に名誉も希望も失い、かつて同僚だった者たちから後ろ指をさされながら生きていくことになった。

　ノシュタット家がレシピを受け継いでいたというのは、ここに来るまで知らなかった。

「でもなあ、ノシュタット家がやっていけたのは、きれいごとだけじゃないのさ」

　リュフの呟きにヨハンは顔をあげた。酔って鼻の頭まで赤くしたリュフは、腹の底からすべてを吐き出すような長いため息をつく。

「当主の代替わり前からこの家にいるのはベルタさんとおれだけだ。おかしいと思わないか。金があったはずのノシュタット家で」

「たしかに、そうだな」

「旦那様はああおっしゃったが、〝農民食〟を嫌がって逃げちまったのは使用人も同じだったのさ。城に奉公にきたのにどうして貧しい暮らしをしなければいけないんだと言って……大旦那様は必死に説得なさってたけど、その大旦那様が亡くなって坊ちゃんが領主になった途端に、な。ノシュタット家はもう終わりだと思ったんだろう、みんな逃げちまいやがった」

「ああ、それでか……」

　マデレーネの侍女ユーリアや執事のスウェイを含め、城の者たちはアランに拾われたのだと主人への忠誠を誓っている。だがその背後には、一から使用人を雇いなおさなければならなかった事情があったのだ。

　ヨハンはため息をついた。ワインに透かして見る広間は海底に沈んだ過去の王朝を望んでいるようだ。晩餐会の喧噪は消え、灯りの落とされた広間は全体を見渡すこともできない。

それは人と人との関わりのようだった。

「マデレーネ様とアラン様が、幸せになってくださるといいのだが……」

「ま、それは大丈夫だろう」

思わず呟いたヨハンに、リュフはにんまりとした笑顔を見せる。

「最初っから旦那様は奥様に惚れてなさったのさ。どうすればいいのかわかんなかっただけだ。覚悟は決まっただろうさ」

「そうだな。姫様を前にして惚れないほうがおかしい」

「おっと、姫様呼びたあ、王宮風を吹かしやがって」

「あんたこそ旦那様だ奥様だと、自分の主人面しやがって」

互いの肩を叩きあいながらワインを注ぎなおし、ヨハンとリュフは忍び笑いをくすくすと交わした。

第七章 ◇ 新婚旅行は王都まで

晩餐会からひと月。

カイルはイエルハルトを前に、表情をうかがっていた。

執務室の椅子にふんぞり返ったイエルハルトが読んでいるのはセルデン伯爵からの手紙だ。内容はおおよそ予想がつく。

数日前に、カイルのもとにはマデレーネからの手紙が届いていた。晴れやかな顔つきで王都へ戻ってきたヨハンが、晩餐会の報告とともに渡したのだ。

ヨハンの報告からもマデレーネの手紙からも、晩餐会は大成功に終わったことがわかった。北部領におけるノシュタット領主と周辺領主たちの長年の確執は、見事に拭い去られたらしい。これからは王都も北部領の品で賑わうでしょうとヨハンは語った。

そのことを手放しでよろこぶわけにはいかなかった。マデレーネの幸福は兄イエルハルトを苛立たせるものであることを、カイルはよく知っている。セルデンからの報告を読んだイエルハルトが激昂してどんな態度をとるのかが、彼の懸念だった。

「カイルよ、マデレーネの企みは成功したようだ。北部領はノシュタット家を中心に一致団結しそうだとセルデンは言っている」

手紙を読み終えたイエルハルトの口元に浮かぶのは、背筋が凍るような薄ら笑い。

どう言葉を返せばよいのかわからず躊躇するカイルに、イエルハルトは指先で机を叩く。

「よかったじゃあないか。マデレーネにとってもあいつの母親にとっても因縁の地だ。居場所が見つかったようでなにより」

「はい……そのとおりで」

イエルハルトの言葉はカイルの気持ちを代弁している。マデレーネはかの地で幸せに暮らすことができるだろう。

不可解なのは、なぜそのことをイエルハルトがよろこぶのか、だ。

心臓が嫌な音を立てる。マデレーネの真心が伝わって兄が改心した、などとは思うまい。なぜならこの兄は、エリンディラ王妃が亡くなってからの十年間、マデレーネのそばで暮らしながら彼女に心打たれなかった人間なのだから。

「マデレーネを王都に呼べ」

「な……!?　そんな、せっかくマデレーネはノシュタット家で……」

「なにを勘違いしている。もちろんノシュタットもだ。北部領の貴族たちへの顔合わせを終えたのだ、今度はあいつらが王都へきて王家や中央貴族に挨拶をする。それが道理だろう？」

イエルハルトは変わらず笑みを浮かべている。だが細められた目の奥に見える光は氷のように冷たかった。カイルにはその真意が読めない。

イエルハルトの言うことは正しい。イエルハルトやカイルもアランに会ったことはない。マデレーネともども顔を見たいと思うのは家族なら普通のことだ。だから、背筋の毛が逆立つような不安を感じていても、口答えをするわけにはいかない。

「そう……ですね。わかりました。そのように伝えます」

汗の浮かんだ額をさげ、カイルは礼をした。

（早く、早くダルグレン侯爵と話をしなければ……）

言い知れぬ焦燥を抱えながら、カイルは執務室を後にした。

◆

旅の疲れを癒すための休暇を終え、ヨハンは王宮へと復帰していた。

今度のことでヨハンは第二王子カイルの目にとまり、ふたたび王宮の厨房へ料理人として出仕することが認められた。王女の晩餐会の指揮を執ったのだ、打ち捨てておけば王家の面目にも関わるというカイルの判断だった。

だがすでにヨハンの心は王宮の名誉にはない。

（北部の料理もおぼえた。どこかの屋敷で雇われるのもいいかもしれない）

晩餐会に出席していた北部貴族たちは、こぞってヨハンを料理人に迎えたがった。彼らは王都にも屋敷を持っている。そこでの夜会でヨハンの料理を、というわけだ。

窓から眺める王都はヨハンが思っていたよりもずっと広く見えた。これほどの屋敷が並び、料亭が軒を連ねる通りもある。ヨハンの口元に苦笑いが浮かぶ。

（王宮でなければだめだと、どうして思い込んでいたのか……）

考え込んでいたヨハンには、背後から近づいてきた足音は聞こえなかった。

ぬっと現れた手がヨハンの肩をつかむ。

「よお、久しぶりだな、ヨハン」

ヨハンを取り囲んだのは、ディルと、かつての同僚たち。

「カイル殿下の命令で北部領に行ってたんだってな？　大変だったろう。あんなところでは」

「芋を食うんだってな。お前も可哀想に、昔の話をいつまでも引っ張り出されて……」

「だがイエルハルト殿下からは睨まれてるんだ。カイル殿下のご機嫌をとるしかないよな」

にやにやと厭味な笑いをはりつけた彼らは、ノシュタット領でヨハンになにがあったのかを知らない。彼らの目には、ヨハンはいまだに〝選択を間違って落ちぶれた男〟なのだ。今回のことはそれに、〝昔のつながりで地方へ飛ばされた〟という傷が増えただけ。

ノシュタット領へ行く前のヨハンもそう思っていた。ノシュタット領を訪れたばかりのヨハンも。己の不運を嘆き、食材が少ないと怒り、お抱えの料理人をバカにして……。

反応を返さないヨハンに料理人たちは肩をすくめて目を見あわせた。あまりにも図星で言い返すことができないのだと受けとった彼らは、ひねた笑いでヨハンの肩を叩く。

「ま、元気出せよ。ショックなのも仕方ない。なんせ悪名高い〝成り上がり子爵〟だ」

「ああ。飢饉で食料の都合を要請した王家に、芋を送ろうとして怒りを買ったっていうな」

「え……」

初めてヨハンは同僚を振り向き、声を発した。

「なんだよ？」

「今の話は本当か？」

「そうか、あのころお前はもう厨房にいなかったからな。ノシュタット領は最初に飢饉から復興したろ。おれたちは食材を求めた。だがあいつらは芋を送ろうとして……」

「そうそう。イエルハルト殿下を激怒させ、軍を送り込むとまで脅されてようやく隠し持っていた小麦を出した」

「隠し持って……」

「そうとしか思えないだろ？　飢饉だというのにあれだけ他領にも小麦を売ったんだから。その後も芋を送りつけてきやがったけどな、お前じゃあるまいし誰が王宮の料理に使うかよ」

笑い声をあげる彼らはすでに気のいい仲間の仮面をかなぐり捨て、ヨハンへの軽蔑をあからさまにしていたが、ヨハンは気にならなかった。

それよりも彼を打ちのめしたのは、それほどまでの頑なさ。

（ノシュタット家が成り上がったのは、小麦を売りつけたから……だが、彼らはそうするほかなかったのだ。小麦を欲しがったのは王都や周囲の領主だったんじゃないか）

ノシュタット領では、氷錆病の対応のため、収穫した小麦の四割が焼かれたと聞く。

アランや城の使用人、領民たちは、その残りを手放したのだ。飢えてすら小麦しか認めぬ高慢ちきな連中に少しでも食糧を送ってやるために。

「おれはなにも知らなかったのだな……」

「おお、反省したか？　ヨハン。さすがのお前にもわかっただろ――」

肩に置かれた手に力がこもる。引き寄せようとする力に逆らい、ヨハンはその手を払った。

「エリンディラ王妃が……！　マデレーネ姫様が、どんな想いで……‼」

「なんだお前……！」

ヨハンの手が相手の肩をつかみ返す。勢いよく押されてよろけた男は笑みから一転して目を怒らせ、ヨハンに殴りかかった。

（もういい。王宮に未練はない。おれはここから去る）

こぶしが迫るのを睨みつけながら、ヨハンも腕を振りあげる。

ふたりのあいだに影が飛び込んできたのは、そのときだった。

「バカ野郎ッ‼　お前ら、さっきから呼んでるのが聞こえないのかよ‼　早く頭をさげろ‼」

引きつった顔で視線を走らせる男にヨハンもそちらへと目をやり、言葉の意味を悟った。

煌めく銀の髪の男が、従者をひきつれて立っていた。銀の睫毛と琥珀色の瞳が調和をなし、美しい顔立ちをさらに惹きたてている。男は口元をゆるくたわめ、気分を害している様子はない。しかしその服装や物腰から、彼が貴族であることは一目でわかる。

ヨハンと相手は慌てて身を離し、道を開けると、ひざまずいた。

「申し訳ありません！」

普段ならば厨房付近のこの場に貴族はやってこない。いったいなんなのかと訝しむヨハンの前へ、男は歩みを進め、そして言った。

「君がヨハン・バルリだね？　マデレーネ王女の晩餐会を執り仕切ったとか」

マデレーネの名にヨハンは顔をあげた。

「わたしの名はハーシェル・ダルグレン。侯爵位をいただく者だ。君を我が家で雇いたい」

やわらかい、それでいてどこかとらえどころのない笑みを浮かべ、男はヨハンを見下ろした。

◆◇◆

「――ゴード様からご招待、ですか？」

マデレーネの言葉にアランは頷いた。手には一通の書状がある。アランの手の中のそれを、マデレーネは寄り添うようにして覗き込む。

アランは一瞬身体を緊張させながらも、マデレーネの見やすいように書状を広げた。

「以前よりくっついておられますだ……」

「旦那様が距離をとらなくなったからな。もはやラブラブと言っていい」

物陰からスウェイとユーリアがひそひそと囁きあっている。

（あんたたちも距離が近くなってるけどね……若い者《もん》はいいわね）

それをさらに遠くからベルタが眺め、肩をすくめた。

サン＝シュトランド城は平和であった。

晩餐会のあと、招いた客を領内の観光などでもてなし、そのあとも各領地と交易の約定を交わしたり領内の商人を紹介したりとアランとマデレーネをはじめ使用人たちは走りまわった。

数日前に最後まで逗留していたリルケ子爵夫妻が帰領し、多忙を極めたスケジュールがようやく終わって、日常が戻ってきたのだ。

　そこへやってきたのが、ゴード男爵からの招待だった。

「まだ礼が言い足りないそうです。今度は自分がもてなすからぜひゴード領へお越しいただきたい……新婚旅行《ハネムーン》も兼ねて、と」

　アランとマデレーネは同時に赤面し、顔を見あわせた。ゴード男爵に対してとった態度が感情的なものであったことはアランも認めている。それをゴードは、夫婦の絆として受けとったのだ。

　アランが咳払いをする。

「せっかくのお誘いですし、行きましょうか」

「はい、ほかの領地を見せていただくことも学びにつながりますわ」

　ふたりとも、他領との交流の一環だというような顔をしているが、

「よろこんでいらっしゃるな」

「よろこんでおられますだ」

　心のうちは弾んでいるのだろうとスウェイもユーリアも思った。

「はぁ〜、胸がドキドキすつまいますな。新婚旅行《ハネムーン》だなんて素敵だんべ〜」

　甘い響きに両手で頬を覆い、今にも踊りだしそうなユーリア。

「だが、ひとつ不安が……」

「なんだすか、スウェイさん」

眉を寄せるスウェイに、その〝不安〟を尋ねる前に、

「スウェイはいるか！」

アランに呼ばれ、スウェイはユーリアから離れてしまった。

今のふたりに不安などあるのだろうか。皆目見当のつかないユーリアは首をかしげるばかり。

「ゴード男爵の招待を受けることにした。スウェイ、支度を頼む」

「承知いたしました」

なにはともあれ――。

こうして、数日後の昼すぎ、アラン、マデレーネ、スウェイ、ユーリアを含む一行は、サン＝シュトランド城を出発したのだった。

◆

ゴード男爵は両手を広げ、親愛の情を目いっぱいに示しながらアランとマデレーネを迎えた。

「ようこそお越しくださいました、アラン様、マデレーネ様」

「こちらこそお招きありがとうございます」

アランと手を握り合い、マデレーネの手をうやうやしく捧げ持つゴード男爵の笑顔はてらいのないもので、マデレーネは内心でほっと息をついた。晩餐会ののちゴード男爵がどのようにすごしていたのか、気になっていたのだ。

「その後はいかがでしたか」

「マデレーネ様のおかげで決心がついたのです。実はいま、弟に家督を譲ろうと手続きをしているところでして」

　はにかみを浮かべてゴードは言った。

「当主の座にしがみついていたのは、プライドというより、周囲の目が怖かったからです。弟を認めてしまえば気持ちは楽になりました。肩書が変わるだけで、やることはこれまでどおりなのです」

「ゴード様がお決めになったことでしたらそれが一番ですわ」

「マデレーネ様がいらっしゃらなければ、わたしはずっとセルデン伯爵の太鼓持ちをしていたでしょう。本当にありがとうございます」

「わたくしは、そんな……」

　謙遜するマデレーネにゴードは陶酔しきった眼差しを向ける。

「……？」

　マデレーネといっしょになって笑顔で話を聞いていたユーリアは、ふと感じた気配に視線をめぐらせた。なんだか空気が重たいような、冷たいような……。

（ヒッ⁉⁉）

　思わず悲鳴をあげそうになった口を両手で覆う。

　マデレーネとゴードから数歩離れた場所で、アランが笑顔を消し去っていた。城内ではよく見かける渋面のようでいて、目の奥になんともいえない揺らめきがある。

（だだだだ旦那様、怒ってらっしゃるんだべか⁉⁉　どうして⁉）

ゴード男爵はまだあれこれとマデレーネに話しかけている。ユーリアはハッと気づいた。ゴード男爵は独身だ。晩餐会の因縁の相手でもある。アランが怒りを覚えているのだとしたら彼に対してだ。

あわあわと青ざめるユーリアに対し、スウェイは冷静だった。

「失礼します。馬車から荷物を降ろしたいのですが、どちらに運べばよろしいでしょうか」

ゴードの隣に控える老執事に話しかける――ようでいて、普段よりも力強く発声された問いは、ゴード男爵の耳にも届いた。

「ああ、そうだ。玄関ホールで話し込んでしまって申し訳ない。部屋に案内しましょう。荷物もそこへ」

その言葉とともに、それぞれが動きだす。

アランはマデレーネの手をとり、ゴード男爵のあとに続いた。スウェイは下男たちに荷降ろしの指示をするため馬車へ戻り、ユーリアはマデレーネに付き従って部屋へと向かう。

（さすがはスウェイさんですだ、一言で解決なすった）

感心しきりのユーリアは、ふとスウェイの言葉を思い出した。ひとつ不安が、と言っていたこと。それはアランの愛想が途切れてしまうことを指していたのだろうか。

（たしかに、奥様とご一緒だと、旦那様はうめえ態度がとれねえかもしれんですだ）

だが、スウェイの不安は、ゴード男爵との関係ではなかった。

「こちらがおふたりの部屋になります」

ある扉の前まで来てゴード男爵は中を示した。

サン＝シュトランド城の貴賓室にも並ぶ重厚な造りの広い部屋。人を迎えるためのソファやテーブルがあり、寝室へのドア、クローゼットなども見える。

（奥様にぴったりの素敵な部屋ですだ……）

とため息をつきかけ、ユーリアは顔をあげた。

（ん？　いま男爵様は、おふたりの部屋と）

「ありがとうございます。参りましょう、アラン様」

「ん、ああ」

マデレーネに促され、どことなくぼんやりとした返事をしてアランも足を踏み入れる。

違和感の正体に気づき、ユーリアはまた悲鳴をあげそうになった。

（ふ、ふたり部屋ですだ⁉⁉）

考えてみれば、夫婦で訪れたのだから当然である。晩餐会の折にも、リルケ子爵夫妻やその他の夫婦にはそうやって部屋を割り当てた。

だが、ノシュタット子爵夫妻は——アランとマデレーネは、違うのだ。ふたりは城で、別々の部屋で暮らしている。

おそらくマデレーネは予想していたのだろう。狼狽した様子はない。マデレーネにしてみればゴードがもてなしのために用意した部屋だ。「夫婦なのですから当たり前ですわ」とあっさり受け入れてしまうに違いない。

問題は――、

（旦那様……）

アラン、マデレーネ、ゴードのあとからおそるおそると部屋に入り、息を殺してうかがい見たアランの顔は、先ほどの渋面のまま真っ赤になっていた。

「夫婦なのですから当たり前ですわ」

ゴード男爵が去ったのち、「同じ寝室でいいのか」と尋ねたアランに、マデレーネは笑顔でそう答えた。だが、その両頬はわずかに赤らんでいて、マデレーネも精いっぱい平常心をたもとうとしているのがわかる。

「旦那様」

エヘン、とスウェイが咳払いをした。

「あっ、いや、違う。そういう意味じゃない」

「旦那様！」

墓穴を掘っていくアランにマデレーネは困ったような笑顔になる。

「大丈夫です。わかっております」

なんともいえない沈黙が部屋を包んだ。アランにもマデレーネにも、もちろんスウェイやユーリアにも、状況を打破するうまい台詞が思いつくわけもなく。

「着替えをしてまいります。ユーリア」

「はい、奥様！」

マデレーネは礼をすると、ユーリアを呼びつけ、衣装部屋へ入っていった。

「グリーンのドレスを出してもらえるかしら。髪飾りはこれで……」

「蔓薔薇のブローチはいかがですだ？」

「ふふ、いいわね」

夜のドレスに着替えるのだ。ゴード男爵の厚意で、ささやかながら到着を祝う夜会が開かれるという。

ドア越しに漏れるマデレーネとユーリアの弾んだ声を聞きながら、アランはベッドに腰かけて両手で顔を覆った。

失言をしたアランを気遣って距離をとられた。それはわかるのだが。

早くに両親を亡くし、その後は領地を守ることだけを考えてきたアランには、こんなときにどうすればいいかなどわからない。

「旦那様もお着替えを」

「ああ」

スウェイに声をかけられてアランは我に返る。

アランにジャケットを着せ、タイの歪みを直し、髪型を整え、スウェイは一歩下がって最終チェックをした。夜会服に身を包んだアランは歳に似合わぬ貫禄があるが、面映ゆげな表情がいつもとは違って新鮮さを感じさせる。

（うむ……旦那様なら、すべてヨシ。奥様もお惚れ直しになるに違いない）

旦那様《アラン》至上主義な執事は贔屓目《ひいきめ》にすぎる結論を出した。

ただしそれは正当性を欠くわけでもなく。

マデレーネもちょうど支度がすんだらしい、隣室のドアが開く。

「お待たせいたしました」

現れたマデレーネにアランはつい見惚れた。夜会らしく金髪をアップにまとめ、レースに飾られたドレスを着たマデレーネは、輝く美しさを放っていた。

マデレーネもまた、晩餐会ぶりのアランの正装に目を瞬かせ、花がほころぶような笑みを浮かべる。

「きれいです。……ほかの者に、見せたくないくらいに」

マデレーネの頬がぽっと赤らんだ。

「アラン様も、素敵です」

アランのさしだす腕を遠慮がちにマデレーネがとる。

「わたくしどもはここで控えております」

頭をさげるスウェイとユーリア。

「では、いってくるわね」

アランとマデレーネは頷いて、多少のぎこちなさを残しながらも寄り添い部屋を出た。

ぱたん、と控えめな音を立ててドアが閉まる。

「……‼」

瞬間、執事と侍女から主人大好き人間に戻ったふたりは、しゃがみ込んで胸を押さえた。

「スウェイさん……！　見ましただか、あの奥様の嬉しそうなお顔⁉」

「旦那様も、悩むわりに言うときはドストレートすぎる……！　あの思慮深さと単刀直入さの両輪でノシュタット領を繁栄に導かれたのだ……」

緊張と恥じらいを含んだ主人夫妻の様子を思い出し、スウェイとユーリアは悶えあう。

「はあ～！　張りきって仕事せねばなりませんな」

「そうだな」

ひとしきり黄色い声をあげてから、スウェイとユーリアは立ちあがった。

アランとマデレーネが部屋に戻るのは深夜になるだろう。それまでに荷ほどきされた用具が揃っていることとの確認、ベッドのチェック、室内の把握等々、やるべきことは多い。

（はあっ‼　ス、スウェイさんとふたりきりだべ……っ⁉⁉）

はたと気づき、頬を染めるユーリアに、

「あと三時間は旦那様と奥様のすばらしさについて語りあうことができるな」

これまで見たことのない笑顔で、スウェイは応じた。

◆

翌朝、ゴード男爵の配慮により部屋で遅めの朝食をとりながら、アランとマデレーネは無言だった。

（いっしょのベッドで寝ると、寝顔を見られてしまうのね……）

目覚めてすぐ自分を見つめるアランと視線があうまで、マデレーネはそのことに思い至っていなかった。すぐにユーリアを呼び身支度を整えたものの、気恥ずかしさは消えない。

（いっしょのベッドで寝ると、毎晩寝顔が見られるのか……）

マデレーネを慮ってなんともないような顔をしながら、アランも今朝のマデレーネを思い出していた。ほわりとした笑みを浮かべながら寝ていると思ったら、金の睫毛が揺れて青空のような瞳が覗き――かと思えば悲鳴をあげてベッドから落ちそうになっていたマデレーネを。

（かわいい……）

自分よりも早くマデレーネが目覚めるのは不可能だったことを、アランは知っている。

昨夜、ゴード男爵肝いりの夜会はつつがなく終わった。食事とともに供された音楽も芝居も、すばらしいものだった。ほどよいアルコールと旅の疲れに加え、社交の場に出たことで気力も使い、夢も見ぬほど深い眠りに沈むはずだったのに。

安眠の天使は、マデレーネにしか訪れなかった。

マデレーネの寝息を聞きながら、アランはまんじりともせず夜を明かしてしまったのだ。

だから、起き抜けの寝顔どころか、マデレーネが「おいしいですわ」と寝言を何度も呟いていたのも知っている。

屋敷は裏が林になっており、客室の窓からは木漏れ日と葉擦れのざわめきが入り込む。

爽やかな風景の中で、めずらしく落ち込んでいるらしいマデレーネと、めずらしく呆けているらしいアランを、スウェイとユーリアは首をかしげながら見守った。


微妙な沈黙をあいだに挟んだふたりを、ゴード男爵は笑顔で出迎えた。

「本日は養蜂場へご案内します。昼は向こうでとりましょう」

馬車で小一時間ほどの距離のところに、観光用の養蜂場があるという。

ついてみればたしかにそこは養蜂場というよりちょっとした庭園だった。色とりどりの花が咲き乱れ、小径《こみち》はシンメトリーの図案を描く石畳の舗装がされている。それを、テラスのある建物から眺めおろすという趣向だった。

あまり花に興味のないアランでも目を見張るほど丁寧に手入れがされている。

「きれいですね、アラン様」

「はい」

「城下町の近くですからね、それなりに人が来るのです。ノシュタット領からの商人も多いですよ。彼らは商売に貪欲ですから、新しいものはなんでも見に来る」

そういった人々を相手に食事や土産ものを売り、賑わいも出てきたそうだ。

「すばらしいですわ。この美しい花々からできあがった蜂蜜を見れば、つい味わいたくなりますもの。なるほど、農業や工業を、観光に活かす……」

マデレーネも刺激を受け、考え込む顔つきになった。

そこに、給仕が盆を持って近づいてくる。

「蜂蜜《ハニー》がけのポテト・スナックでございます」

「まあ……！」

テーブルに置かれた皿を見、マデレーネが抑えきれない声をあげる。

「棒状にスライスした甘芋をナッツ・オイルで揚げ、蜂蜜でコーティングしたものです」

飴色に光る薄衣をまとった甘芋が、陽光のもとにキラキラと輝いている。

「いただきます」

フォークで刺し、かじる——少々はしたない食べ方だけれども、野外という解放感に加えて蜂蜜とポテトという素朴な食材が合致しておいしさをひきたてている気さえする。

カリッとした蜜の食感に、爽やかな甘み。次いでやってくる温かくホクホクと舌の上でくずれる芋の甘み。

「おいしいです……‼」

マデレーネが目を輝かせた。

「マデレーネ様の……あ、いえ、アラン様とマデレーネ様の披露宴でいただいた甘芋のタルトをヒントにしたのです」

慌てて言い直しつつちらりと視線を向けられ、アランは仕方がなく頷いた。

ゴードは本気で男爵の地位を降り、商売っ気を出して生きていくつもりらしい。彼が己の道を

見つけたのはよいことだし、道を示したマデレーネに感謝するのも当然のことだ。理解はできるのだが、

「甘いものがお好きだと晩餐会でうかがったので」

「アラン様、甘くてとてもおいしいですね」

楽しそうに笑うマデレーネの笑顔を引き出したのが自分ではないのだと思うと、どうにも心の底がざわついてしまう。

（俺といるときよりも笑顔が多いような……）

そう考えてしまうほどにゴードとマデレーネの距離が近いような気がして、アランは眉を寄せた。

養蜂場で昼食をとったのち、一行は軽食を携えて散策に出かけた。蜜蜂の飛ぶ花畑は散策には向かないため、丘を整備し、小径を設けてあるのだという。

丘は頂上を見通せるほどよい高さで、半分は林になっている。林に沿って作られた道にはところどころに休憩のための木陰があり、ベンチが置かれていた。

そよぐ風に金髪をくすぐられつつ、道端の草木にマデレーネははしゃいだ。

「まあ、これはグサリの実。赤くなるととても甘いのです。それにミズナシの葉もありますわ。サラダに入れてもおいしくて……」

「そうなのですか。マデレーネ様は博識ですね。この丘は隣にある村から買い取ったのです。農

民たちが食糧になるものも育てていたのでしょう」

ユーリアがいれば「どうして王女様がそんなことを……」と青ざめるであろうが、ゴードは気づかずににこにこと相槌を打つ。

そんなふたりを、アランは相変わらずじっとりとした視線で見つめている。

「あ……！」

マデレーネが声をあげたのはそのときだった。

髪を結っていたリボンが、風に吹かれて飛ばされてしまったのだ。桃色のリボンは空の青に翻りながら踊るように遠ざかってゆく。

「わたしがとってまいりましょう」

反射的に駆けようとするアランをとどめ、ゴードが従者とともに走りだす。

「申し訳ありません、ゴード様」

「なんの。アラン様とマデレーネ様はそこでお休みになってください」

にっかりと大きな笑みを作るゴードにマデレーネも笑顔になる。アランの胸はまた奇妙にざわめいた。

どこか放心したようなアランの様子にマデレーネが顔を覗き込む。

「アラン様？　お疲れですか？」

「いいえ……」

首を振り、アランは視線を道の向こうに投げた。ゴードと従者は茂みに入り込んでしまったらしいリボンをさがして道を逸れ、視界から外れていく。

見えなくなった姿にほっと息をつきそうになり、

（……これは、嫉妬か）

情けない感情の名を、アランはようやく自覚した。

「もう少しお休みになってから来たほうがよかったでしょうか」

疲れのせいだと勘違いしているマデレーネはしょんぼりと肩を落とす。

「疲れてはいませんよ」

それを言うならノシュタット領で同じだけ働いていたマデレーネだって疲れているはずだ。

マデレーネは「それならよいのですが」と呟き、視線を伏せた。

「新婚旅行だと言われて、舞いあがってしまって……」

「……嬉しそうにしていたのはそのせいですか？」

「え？」

マデレーネは顔をあげた。青空を遮る枝葉の陰で、アランの表情はよく見えない。けれども鳶色の瞳がまっすぐに自分へ眼差しを注いでいることはわかった。

（……楽しそうだったのは、俺がいたからか）

口元をふとよぎったほほえみが、マデレーネに見えたかどうか。

マデレーネの腰に腕をまわすとゴードたちからは見えないように抱き寄せ、アランは忍び笑いを漏らした。

今のたった一言で、燻ぶっていた独占欲は消えてしまった。

自分が普段と違う態度をとってしまったように、マデレーネも浮かれていたらしい。

「アラン様……!?」

「アラン、と呼んでください」

ひそりと耳元に落とされた囁きに、マデレーネは動きを止める。

「俺も、もう姫様とは呼びません。今日からは、マデレーネと……呼ばせてください」

輿入れの日に、マデレーネとお呼びくださいと、彼女自身がそう告げたように。

「アラン……」

「はい」

意図を違えず読みとったマデレーネがうっすらと頬を染めた。

王女と地方領主ではなく、夫婦として、歩んでいくということ。

「なら、そのかしこまったしゃべり方もあらためなければなりませんね」

「それはあなたもでしょう」

「ふふ、やり直しね、アラン」

「マデレーネ」

くすくすと笑いあうふたりを、枝を渡るリスたちが首をかしげながら眺めていた。

リボンを見つけて戻ってきたゴード男爵は、ノシュタット子爵夫妻の姿に頭をかいた。

「しまったなあ、疲れていらっしゃったのか」

木陰のベンチに腰かけたアランとマデレーネは、手を握りあって眠っていた。アランの肩口に頭をもたせかけ、マデレーネは無邪気な寝顔を見せている。アランもそんなマデレーネのつむじに頬をよせ、口元がゆるんでいる。

ふたりとも、まるで幼い子どものような。

ゴードからすれば、十も年下のマデレーネはそれこそ妹のような気分で、ついあれこれと世話を焼いてしまったのも、負担だったのかもしれない。

（しまったなあ、じいやの言ったとおりだ）

心の中でゴードはもう一度呟いた。

ノシュタット夫妻をゴード領へ誘ったのは、あの夜の晩餐会が自分に与えた変化を見ていただきたい、そのうえで再度お礼を申しあげたいという真摯なものだったが、

――披露目の終わった新婚の時期ですよ。夫婦水入らずと言うでしょうが。

先々代から執事を務める老爺にそう言われ、自分の空気の読めなさっぷりに頭を抱えたところだった。

たしかに、時折アランから棘のある視線を感じることはあった。晩餐会での行為を今でも許していないのだろうと思い込んだゴードは、友好と反省を見せるために励んだ――つもりだった。

それらはことごとく裏目に出ていたのだろう。

（明日はおふたりで、ゆっくりすごしていただこう）

おろおろとそう考えるゴードの前で、マデレーネが身じろぎする。

「……アラン……」

小さな唇からため息のように名がこぼれる。

途端、ぱちっとアランの両目が開いた。驚いて叫びそうになった口を押さえ、ゴードは冷や汗を拭う。慌てるゴードにアランは冷静な顔で向きあい、

「寝てしまったようだ。失礼した、ゴード殿」

「いえ、リボンは見つかりました」

リボンを受けとり、アランは不器用な手つきでマデレーネの髪に飾った。

「アラン？」

目を覚ましたマデレーネに笑いかけ、アランは立ちあがった。

「さあ、手を」

マデレーネも素直に手をさしだし、ふたりは肩を寄せて歩きだす。

わけもわからず目をぱちくりとさせながら、

（案外おれは、ナイスアシストを決めたのかもしれんぞ）

ゴードは胸中で頷いた。

◆

アランとマデレーネがゴード領を発つ朝。

「お招きいただきありがとうございました。ゴード男爵」

「次に会うときは男爵ではなくなっているでしょう。それでも親しくしていただけますかな」

「もちろん」

アランとゴードは握手を交わした。力強く握られる手にアランの誠心が感じとれる。

マデレーネも深々と頭をさげる。

「なにからなにまで、ありがとうございました。楽しい毎日でしたわ」

「いずれ、ノシュタットにもお越しください」

「ええ、またぜひ」

並ぶアランとマデレーネの立ち姿は穏やかで、晩餐会の夜とも、ゴード領を訪れた初日とも違った空気が流れているような気がした。

(多少の動揺があったとしても、この方々なら大丈夫に違いない)

遠ざかっていく馬車にいつまでも手を振りながら、ゴードは確信した。

◆◇◆

王宮から書状が届いたのは、アランとマデレーネがゴード領から戻ってすぐだった。

イエルハルトとカイルの連名でもたらされた書状に、ノシュタット家の使用人たちはふたたび多忙を極めた。

なにせ、すぐにでも王都へ参上し、サン=シュトランド城で行ったよりも盛大な披露目の晩餐会を開催しろというのである。会にはマデレーネの兄としてイエルハルトもカイルも参加する旨が書かれていた。

「リュフとユーリアはともに王都へ。スウェイとベルタは残れ。領地と城はお前たちに任せる」

　アランの指示に、使用人たちは「はい！」と緊迫した返事を返す。だがユーリアだけは、隣からの不穏な気配を感じ、ガタガタとふるえていた。

（スウェイさん…無表情ですけんどものすげえ落ち込んでいなさるだ……！）

　王都までは往復一か月、向こうで晩餐会を行うならばまた準備に半年はかかる。

　アランがスウェイを残すのは、近隣領との関係が改善され交易が倍増した多忙な時期に、信頼できる能力の持ち主を代理として領地に置いておきたいからだ。それは執事として主人からの最大の期待を得たことになるのだが――。

　当主となってから、アランが王都へのぼるのは初めてのこと。つまり、スウェイがアランと長期間離れるのもまた初めてのことであった。

「そんなに怖がらなくていい、ユーリア。別に王都の人間がお前をとって食うわけじゃない」

「えっ⁉　いやっ、あっ、はい、すみませんですだ‼」

　そうじゃない、と首を振りかけてユーリアは口をつぐんだ。ふるえの原因は隣のスウェイから伝わるおどろおどろしい悲しみの念なのだが、アランにそれを説明することはできない。

「では、出立の準備を頼んだぞ」

　役人たちや出入りの商人たちへも指示をすべく、アランはさっさと執務室を後にする。ぱたん、とドアが閉まるなり、ユーリアはスウェイに向きあった。

「あの、スウェイさん、元気出してくだせえ。おら手紙を書きますだ。アウロラ先生のレッスンが受けられねえんで、奥様が教えてくださることになったんだす」

「そうか……では、毎回三十行は旦那様のことを書いてくれ」

「さっ、三十行!?」

「忘れないようにメモをとるといい。日付、旦那様がなにをどうされたか、その理由、方法等、なるべく詳しく」

「ひええ～……」

目をぐるぐるとまわして倒れてしまいそうなユーリアに、リュフとベルタは憐みの視線を向けた。

　とはいえ、初めての領主の留守だ。こまめに情報が欲しいのは城に残るベルタやほかの使用人たちも同じ。

「がんばってね、ユーリア」

「おれも手伝ってやるからよ」

「ええ。なにかあればすぐに知らせてください」

　領地と王都で、彼らの主人を守ること。

　互いの表情にその意志を確認し、使用人たちは頷きあった。

一方、マデレーネの部屋を訪れたアランも、真剣な表情でマデレーネを見つめていた。

テーブルの上には書状が広げられている。披露目の晩餐会後に命じられた急な呼び立てが名目どおり結婚の祝賀であるとは、マデレーネも思えない。

「なにがあってもあなたを守ると誓う」

己の手をとり口づけを落とすアランに、マデレーネは結んでいた唇を開き、くすぐったそうに笑った。

「ええ。これも新婚旅行だと思えば楽しみです」

笑いあうふたりを、強まり始めた夏の日差しが照らしていた。

つづく

Mf ノベルス

売《う》られた王女《おうじょ》なのに新婚生活《しんこんせいかつ》が幸《しあわ》せです

2023年5月13日　第1刷発行

著　者　杓子《しゃくし》ねこ

発行者　島野浩二

発行所　株式会社双葉社
〒162-8540　東京都新宿区東五軒町3番28号
［電話］03-5261-4818（営業）　03-5261-4851（編集）
http://www.futabasha.co.jp/（双葉社の書籍・コミック・ムックが買えます）

印刷・製本所　三晃印刷株式会社

［電話］03-5261-4822（製作部）
ISBN 978-4-575-24627-8 C0093　

Mノベルス

発行・株式会社　双葉社